奇異果文創

奇思異想之果

溫柔革命閱讀

讓我看看妳的床

張耀仁

（目錄）

〔推薦序〕

性感的小說，黑夜的潮騷

鍾文音

張耀仁的小說集《讓我看看妳的床》，是一本性感的小說，但性感只是包裝，裡面其實埋藏著慾望的潮濕與乾涸，肉慾橫流卻一點也不情色，反倒帶著超現實感，有些意象像是卡夫卡一些未完成的小說碎片，又像是超現實畫家達利作品的文字化，達利作品裡有如床單要滑落而下的溶解「時鐘」，幾乎像是解碼張耀仁這本小說的象徵符號。

飽含象徵的小說，環繞在各式各樣的床，床的象徵意義當然多重，是關係，是情色，是年紀，是寂寞，是激情，是寡歡，是空洞，是睡眠，是每天每個人夜黑之後最終要躺下的「方寸」之地。白日的肉身，到了夜晚，按下熄燈號後是一個人品嚐人生一切的苦楚，還是「翻身」即逝的情慾海嘯襲擊，又或是戀人絮語，又或者演變成如薛西弗斯的日日「重複」，人類生活的不斷重複：從床上起來，躺到床上，每天都離不開「床」。我們誕生於床，也將終老於床，死滅於床。

床是什麼?是安頓流浪，是安撫寂寞，還是張耀仁筆下這些無數個奇形怪狀的畸零愛幻人生，從癡到慾，床「誕生」各式各樣的慾望。

張耀仁用了一個絕妙的象徵，以承載他想要述說的感官情慾之幻滅如斯，讀來既性感，又時時感到荒蕪，荒涼，空洞。

尤其一開始就預告的〈洞的逆襲〉，床是個洞口，可以將我們的肉身躲藏在棉被或戀人的臂彎裡，但「洞」的意象也是女體，也是孵育人生之入口。我們被襲擊了什麼？小說提供多重意象可供讀者想像。

洞彷彿原本就在那裡，黑而紅而黃，傷口似的靜靜躺在她的床上，躺在她的腳踝下，似乎稍不留意就要掉進去的。

「別怕，誰的床上都有這些洞的。」

很有意思的書寫，帶點奇幻意味。

當然，也有不那麼抽離的，而直接述諸慾望曖昧的書寫：

「我聞著她的床，像雨天裡潮濕的木頭，也像貓的後頸，發散著一股說不上來的氣味——也許不，也許是黑暗使得嗅覺也一併失去了分辨的能力——現在回想起來，是不是一進房間的時候，她的床就是一整片的黑呢？」

讀到這些文字，似乎忘了作者是個男作家了。不過張耀仁一直擅長小說「技藝」，擅寫各式各樣的變形小說，這是他的長處。

我個人很喜歡第八張床〈愛的薛西弗斯〉，作者運用薛西弗斯和石頭的關係，書寫「戀人」的關係之難，受困於庸俗且不斷重複的日常，戀人如何保鮮其愛情？這近乎不可能。如果愛情不是親情可以取代的話，那麼我們每一個人的一生其實所經歷的愛情非常短暫，因為日後就滾入了「親情」的安全感，或者「習慣」而難以逃脫的深淵。作者借用神話（帶點卡爾維諾式的）書寫，頗有想要把帶著性感意象的小說「去曖昧化」，反而提升到精神的扣問。

或者，有沒有一個可能，神其實是為了懲罰石頭，才創造了薛西弗斯這個角色？

「為什麼薛西弗斯不離開那塊石頭就好了呢？」

「也許離開了，他就不知道要思念什麼了。」

房間當然是人慾望空間的延伸，其中最大的慾望客體是床與浴室。不過作者關心的是床，畢竟「浴室」的意象很多人使用了。我最喜歡的其實是第十八張床〈床上練習〉。這一篇調度了小說在「性別」、「年齡」、「情慾」、「歲月」等等重要感官議題，卻能高度濃縮在一張逐漸老去的床。木頭的床逐漸分崩離析，腐朽老去，跟著主人的肉身一起幻滅，讀來非常感官。

一如阿媽的床鋪飽含了痱子粉與花露水，它們孵生一個又一個的夢與記憶，有故事的床與人生——他從小與阿媽相依為命，阿媽總是說起那些這些的故事——冷不防，大他二十歲的女人來到他面前：笑得異常嬌豔，光照底下彷彿一場來不及發生的夢，彷彿寂寥而懷舊的雨天。

談床，一定觸及慾望，談慾望也會扣問愛的本身。事實上，心理學家佛洛姆早就提出「愛不是任何人都能達到的境界，因為愛是一種藝術，所以需要學習；這種學習包括認識和實踐。」愛如此難，因此人們以「慾望」代替愛，以「情緒」模糊愛的本身。

戀人床頭吵，床尾合，就是因為將慾望或者情緒認知為「愛」的本身。但不論是單人床，還是雙人床，我們都要認真看待這張「床」，它每天承載我們白日的哀歡離合，夜晚的潮騷寂寞。張耀仁的這十八床，也就是十八種戀人練習題，和他上上一本小說《親愛練習》相比，這回比較像是慾望的練習題。可說是姊妹作的延伸。

愛與慾望永遠是人性最精彩的演出。

把這本書帶上床吧。

〔自序〕

愛情躺下來

「最終，他們成為無論如何都無法靠近的兩個人。」

腦海裡闖進這句話的同時，自夢的曚曖緩緩轉回現實的清明——這裡是哪裡？每每在旅館裡醒來總是這麼揣度著，那全然無光的黑墨彷彿富含重量的鉛錘，沉沉壓在身上，沉沉等待測量的長度，使人不能不想到那些夜海泅泳的時光——我們能在床上游泳嗎？

她問。聲音營營的，像夏季浮盪的風，風鈴擺動的當下，天花板出現許多螢光圖案：水草、貝殼、珊瑚礁……也許還可以衝浪吧，我說。這麼懶散的張開雙臂，以為世界就要被熱浪給融化了，以為十五歲的失戀不再使人害怕，等到靠近的時刻，竟又顫抖得說不出話來。

如果不擅長游泳的話，又何必奢求一片海呢？

「但是我就想要變成一條魚啊。」

「我就是想聽海。」

「說不定，等一下我就會換氣了。」

凡此種種，這類對話在愛情裡大概沒完沒了吧。

於是有了這本書，關於床的一本書。

這個念頭藏在我的心底很久很久了，似乎與我們越熟悉的事與物，越容易被忽略，於是我曾在床上找到幾根釘書針、髮夾還有乾了皺了褪色的酸梅，甚至分也分不清是海苔或巧克力渣的黑色指甲屑——當然，還有早就化作暗褐水母般的血和體液——我們每天躺在其上，每天不以為意，直到有一天才赫然發覺：為什麼我們的夢如斯傾斜？為什麼睡前總會聽見一聲長長的嘆息？

也曾經有一幀獲獎的照片，身穿比基尼、光鮮亮麗的女孩躺在看來極其凌亂的「垃圾」之上，而那其實是她的床鋪（每天睡前把它們統統掃到一邊去的）。

或者現實場景裡，那些林林總總的片段：關於一副胸膛，一雙眼睛，或者一句無關痛癢的呢喃，它們都和床產生了極其緊密的關係，而我們卻假裝不在意。

我們甚至以為情感未必發生於此，儘管它確實經常由此起步，並帶來諸多零碎的記憶。

比如A，不確定愛或不愛，但她的身體起碼是激烈的，所以她的床早就失去了彈性也失去平衡，連帶夢是一連串的馬拉松：不斷奔跑與呼喊，卻不知所終、不明所以，只遺下筆直的路的盡頭。

或者B，她的愛始終是一段公式，因而床鋪粗糙而僵硬，無從感知柔軟也無從夢見和煦，唯獨床面鑲金嵌紅的玫瑰圖案張牙舞爪，全然無法與她壓抑的性格作一聯想

——究竟她在忍耐些什麼？

還有J，試圖平衡嬌羞與放縱，卻遺忘了她的床早已是一齣陳舊的舞台劇，肢體與表情皆嫌平板，「偏偏她從來就不曉得自己已經過氣了。」C笑著說。

她的笑有不屬於那個年紀的世故。

我同樣笑著。所謂「讓我看看你的床」，無非是一個又一個百無聊賴的下午或清晨：我們耍賴、我們擁抱、我們親吻，任憑霧露鑽入被窩，獨獨不觸及欲望。然而，這已是許多年後的認知了。早在我們都還很容易臉紅之前，我們緊盯著天花板，或沉默承受著布面粗糙的刮搔，直到那只鬧鐘響起，該補習了。該留心爸媽即將到家了。該吃飯了。該說再見了。

至此，床成為引渡由懵懂、青澀而至老成的見證，見證我們對於愛的實踐（有多少姿態是從成人影片學習而來的呢）；見證慾望的支配（如何扮演父親或母親——或其他更多的——角色）；見證愛與不愛、困惑與頓悟（從來不洗也不換床單的那個人，任憑塑膠袋、衣服什麼的堆疊於床上）……這些，都讓我們在往後的年歲裡，當情愛躺下的同時，驚覺床成就了記憶，記憶也變成了床，讓我們一遍又一遍推敲，關於夜裡的鼾聲與盈繞煩憂的音頻，深深感覺到內裡的某項重要事物就此死去。

而那或許是一直以來惦記著C的緣故吧。

事實上，她的床並沒有什麼可說：既無彈性也無裝飾，既不鬆弛也不緊致，就是簡單的一張木板床加椰子墊而已。那是外地求學常見的配備，租賃而來的房間盡是鬼臉似的壁癌，幾乎沒有什麼擺飾的桌面疊放著參考書、英語單字、電湯匙……拉開抽屜的瞬間，空氣聚散著木頭霉爛與泡麵擺放過久的酸澀，致令那張擁擠的床鋪更形擁擠。我們聽著身下咿啊咿啊的搖晃，帶點暗示的聲響引來兩人相覷而笑。

是高三緊鑼密鼓的階段，我們卻在午休空檔溜回她的住處，慵懶躺在床上說起這學期的班導與校刊社……說著說著，睡意襲湧，即將跌入夢境的片刻，一雙冰冷的手心怯怯從背後環抱過來，我感覺到背上有熨貼的臉，靜靜靜靜暈散的熱氣，靜靜靜靜靠近，再靠近……

許多年後，此時此刻，當那掌心再次靠近我的胸口，當那熱氣再度朝我襲湧，所有年輕的快樂與不快樂一點一滴圍攏過來，彷彿遙遠的午后的那場球賽，那些淡下去了模糊的面孔、公假單、烤肉聯誼，以及那些我愛妳、妳愛她、我不愛妳……它們全淪為這個房間似有若無的氣味、背景、裝飾，彷彿只為證明自己當年多麼癡騃、多麼嬌縱、多麼奢靡，而今腦海能去到的邊界，竟是：「他們兩個人從此再也無法靠近了。」

從此，真的再也無法靠近了嗎？

「讓我看看你的床。」妳說。

張耀仁　二〇一四年七月台北

14

讓我看看妳的床

第一張床

洞的逆襲

洞彷彿原本就在那裡，黑而紅而黃，傷口似的靜靜躺在她的床上，躺在她的腳踝下，似乎稍不留意就要掉進去的。

「別怕，」她說：「它們是無害的。」

它們？我隨即意識到，不只一個洞，還有更多大大小小的洞，它們散落在標準尺寸的雙人床上，仔細看，裡面有著蝴蝶翅膀鱗粉般閃閃發亮的漩渦紋路，令人忍不住頭昏，幾乎心甘情願被吸入其中。

「喂！」我大喊著，無法置信剛剛就是躺在那些洞上，難怪我的背上一陣發冷。

「別怕，誰的床上都有這些洞的。」她像撫摸寵物那樣，溫柔的撫摸那些洞，「有時候是菸蒂燙出來的，有時候是夢見宇宙，更多時候是暴力。」她說，不是一般定義的暴力，而是情感性的、象徵性的，例如父親的皮帶、母親的髮夾、耳環，或者情人的指甲……「暴力是多層次的，你瞭解嗎？」

她說：「反正，沒有人的床是平的。」

她這麼篤定的當下，我發現有些洞又變得更大一點了。

「這也是正常的，因為洞和人一樣，也會成長、也會萎縮。」她很平靜的說。

什麼跟什麼嘛。我還是沒辦法注視那些洞，它們像長出牙齒那樣，好像隨時要將人吞噬。

「沒有騙你，夢越大，洞也越大，洞一直存在我們的床上。」她像面對宗教那樣闡述著自己的心情。

我困惑著，怎麼也想不起來我的床上是否出現過這樣的洞？只記得並不久前，「洞」在這個國家造成不小的騷動。起初，它出現在一所實驗中學裡，在男生宿舍以東的那排茄苳樹下，不斷流出黏的酸的甜的近乎發酵的氣味，不斷，暗示著有誰曾經在那個地方呼救——電視記者議論紛紛，「據說，腿都摔斷了啊。」「是嗎？二條腿啊？」「三樓還好嘛，表示腦袋還很正常。」——持續的大霧滲入那些不斷開闔的嘴，只見校長掩著口鼻站在封鎖線外，頻頻與教務主任交頭接耳：究竟先有洞，還是先有人跳樓呢？這個巨大的洞究竟是怎麼回事？為什麼只出現在男生宿舍附近？

「說不定，這是個招生的好辦法啊。」校長在憂愁之外，透露出一絲絲興奮。畢竟，「少子化」喊得震天價響，「私校退場機制起動」像一句競選口號，所以說，這肯定是老天爺給的一條生路吧。

然而，從洞的外觀來看：頂端邊緣挨擠著密密麻麻的蘚，翠綠的蘚濕濕亮亮，似乎是很新鮮的洞，唯獨深不見底。

剛開始，以為是重建工程的疏失，然而一支偶像MV的拍攝卻揭開了這並非是一起單一個案。在劇中，那隻客串的紅貴賓不知道什麼原因，突然發狂栽進洞中，這一意外讓在場的劇組感到不妙，他們先是聽見嘩嘩濺起的水聲，緊接著是一陣像餓了三天三夜的傢伙粗魯的咀嚼聲：嘖嘖嘖嘖，嘖嘖嘖嘖，然後，紅貴賓宛如魔術師大衛·考柏菲下手的對象，「咻」的再也沒出現過。「這是謀殺啊。」在新聞的散布下，洞一瞬間成為眾人關注的目光，不光是紅貴賓的喪生引來了動物保護團體的抗議，還有女主角一面擠著乳溝、一面哭花了臉說：「牠永遠是我的親親寶貝！」

沒多久，城裡就不約而同的出現了大大小小的洞——幾乎是一瞬間的，彷彿洞也跟著新聞起舞——不論是人行道或停車場或自家庭院，它們黑而黃而紅，透散著發霉的泥土味，像無止無盡的夢魘，迴旋著青色的光。它們也像不斷眨啊眨的眼睛，不時流出透明的液體，攪得街上寸步難行。它們是黑色的深淵，也是繽紛的希望，一圈又一圈的漩渦圖案魅惑似的吸引了大夥的目光。

有人說，這是大地的反撲，所以大地開了洞，要讓人類難過。也有人信誓旦旦，說這是神的警示，預告更大的災難即將來臨。更有人解釋，這肯定是外星人的陰謀，否則誰能在一夕之間讓地球失守呢？總之，這件怪事隨即攻占了各個新聞頻道，越來越多的洞讓人驚慌失措，開車的、走路的都小心翼翼，突然之間，城市的

19

第一張床洞的逆襲

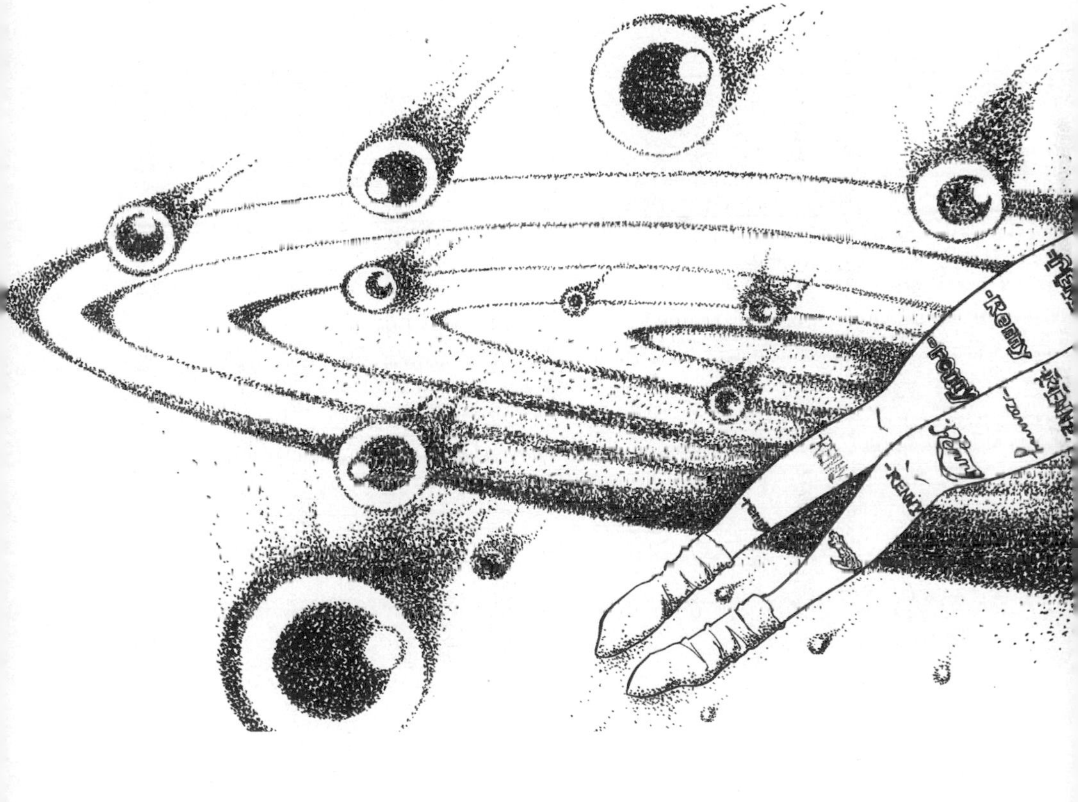

腳步慢了下來，那讓直擊現場的記者很不習慣，他們沒留心到腳邊的洞，差點踩了個空。

「小心！各位觀眾小心！洞洞就在你身邊！」驚魂未定的記者氣喘吁吁，「世界末日來臨啦！這可能是世界末日預言成真嗎？讓我們聽聽專家怎麼說！」

專家也好，主播也好，他們盡可能壓抑著內心對於這個現象的恐懼，呼籲社會大眾千萬不可以靠近那些洞，但人們依舊爭先恐後的圍觀它們，像目睹一只又一只的黑眼珠，黑眼珠也看望著人們。人們不知該拿它怎麼辦，只知道那些眼珠裡有螢光色的迴旋紋路，看久了容易頭暈，甚至讓人彷彿聽見極輕極輕的聲音：

「來，進來，到裡面來。世界馬上就要不一樣了。」

「來——」

世界，真的會因此不一樣嗎？

究竟是誰在說話呢？

人們一面督促政府想想辦法，一面又用竹竿或其他更長的工具去探測：洞裡到底有些什麼？洞有多深？也就是那個當下，有人想起了安徒生童話裡的「國王的驢耳朵」，於是朝洞裡試探性的喊了幾聲，然而沒有任何回音，只衝上來一陣冷風！還有人想到貞子爬出古井，嚇得倒退了幾步，深怕在洞裡看見扭曲的自己，萬一死去了誰來照顧孩子？最後，一個超級沒有想像力的舉動終於到來——「嘩」的不知是誰將家裡的垃圾一扔，像扔掉一大袋煩惱或爭吵，垃圾一如紅貴賓直直掉入洞中，必須等到很久很久之後才聽見極細極細的聲響：

是水嗎？

人們什麼也沒聽見、什麼也沒看見，只知道垃圾被黑墨墨的、不時發出螢光的洞給吸得一乾二淨。

大夥見狀大吃一驚，沒料到這些洞真如謠傳所言，具有這麼強烈的吸引力！他們意識到什麼似的，隨即將屋內大包小包的垃圾全丟進洞裡——

就這樣，那天突然變成了全民大掃除的日子。洞的魅力瞬間橫掃全市，不再有人感到害怕，也不再有人思索洞存在的意義，它被認定就是拿來傾倒髒污的收容所——「什麼天災？它是來幫助我們保持市容整潔的好不好？」「胡扯八道！洞就是洞啊！」「就是說嘛，什麼外星人！清潔隊明年預算再砍半！」在一片吵吵鬧鬧中，政府機關尤其難掩興奮，雖說向人民徵收垃圾費行之有年，但垃圾場的闢建卻是一大問題，畢竟公民時代來臨人多嘴雜，誰都不願意垃圾場蓋在住家隔壁，現在出現這麼棒的「工具」，能不多加利用嗎？儘管清潔隊一再否認，何以僅僅半日時光，掩埋場立刻就銳減了好幾噸垃圾，但日積月累的垃圾問題迎刃而解，確實有助於城市的整建，也讓政府決定進一步管制洞。

對此，清潔隊歡欣鼓舞，因為從今而後，他們的工作將方便許多，不再需要擔心被民眾亂扔亂丟的垃圾給波及。但民眾就不高興了，憑什麼政府也跟人民搶奪洞？又為什麼還要繼續徵收垃圾費？假如開放給大家直接丟垃圾，那不就省時省力省錢嗎？更何況這麼一來，清潔隊可以收編，地方政府也不必動不動就喊窮。於是，為了省下垃圾費，有些比較偏僻的洞成為人們專用的垃圾場，三不五時就把垃圾往裡頭扔；當然，也有腦筋動得快的人，把私有土地上的洞出租給別人，一時間，人人都在發「洞洞財」，短短幾天的時間，洞已經成為這座城市的特色了。那些清潔隊員開始眉頭深鎖，擔心是否即將失業？他們的心情就像坐雲霄飛車那樣：一起一伏、一凹一凸、一明一暗，「怎麼辦？怎麼辦？」面對深不可測的洞，他們不知所措，因為能收的垃圾越來越少，人們一股腦都把垃圾丟進私人洞中，公家的洞越來越冷清，也就意味著垃圾費收入減少，收入減少就是裁員的開始，清潔隊員幾乎快哭了。

所幸，他們的憂慮並沒有持續太久。

就在一個忙碌的早晨，當新聞主播激動的播報著市容越來越整潔的同時，所有洞彷彿約定好的，轟的將它們過去所吞下的東西全部噴發出來！大多數人以為這是另一場強烈的地震，尖叫連連的往外跑，直到漫天的垃圾紛紛墜落，他們才尖叫著尋找最近的遮蔽物——「這一定是外星人搞的鬼！」「洞本來就是累贅！」「什麼幫助市容，根本就是政府太懶惰！」專家、主播們又極力壓抑恐懼，還是照例宣讀著政府的法令，要大家別慌，先別把垃圾往洞裡丟，「尤其不能沒裝在專用垃圾袋裡！」政府官員義正詞嚴的說。

一瞬間，又沒有人敢再接近那些洞了。

一瞬間，這個城市又回到了腳步快速的世界。

一瞬間，在城市的角落有個女人大喊著：「無聊！」啪的關上電視。原本那位正在大聲疾呼的環保人士瞬間消失，像那些瞬間噴發的洞，黑洞洞的螢幕倒映出女人淩亂的表情。

「簡直就跟那些垃圾沒什麼兩樣！什麼無聊的新聞……」女人啐道。

打從一開始，女人就對這些流沙也似的洞沒有好感，尤其出現在男生宿舍以東的那個洞，怎麼可能是個靈異現象呢？肯定就是升學壓力造成的啊，升學壓力有多深，洞就會有多深，難道那些豬頭會不知道嗎？

那天，她也在現場望著那個洞，一邊思索著它到底有多深，一邊領悟道：是啊，有多深她永遠也不可能知道的，就像丈夫的心，始終深不可測……女人想起那些照片裡，摟著年輕女老師的丈夫，丈夫在一旁和教務主任竊竊私語：「說不定，這是個招生的好辦法啊——說不定，將來這個洞可以當作我們校務發展的特色，比方洞洞裝比賽、洞察時事演講、洞悉升學預測公式……」她聽見丈夫這麼興奮的說，好像興奮的吻著那個女老師。

女人很不服氣，她究竟哪裡不好呢？她哪一點比不上那個女老師？只因為「青春的肉體」嗎？她憤怒的更靠近洞——這時候，洞已經擴散到她家門口了——她聽見細微的呼吸聲，像活的物，也像深遠的夢魘，黑黑黑黑，黑黑黑黑。倏的，女人轉進屋內，從抽屜深處找出那只裝有照片的信封，它們發散著丈夫喜歡的紫羅蘭香，還有一股淡淡的菸味。只要把它們丟進洞中，所有人將會知曉：道貌岸然的校長也有輕狎的一面吧？正經八百的男人也是會偷吃的，她想，它們會像那些垃圾噴發出去，一如這些年來，她所受的屈辱也會因此而漫天飛舞！

是吧是吧？

她所受的損害啊——此時此刻，在她的身後，另一個洞正逐漸裂開、一寸一寸黑墨墨的朝她迫近過來——此時此刻，我同樣面對著一個巨大的深不見底的洞：鱗粉紛飛，漩渦迴轉，一會黑、一會藍、一會紫的紋路像無止無盡的她的故事，一寸一寸將我囓咬著，撕扯著。

「真的，沒騙你吧，每個人的床上都有這樣的洞的。」她笑得異常燦爛，臉上浮現深深的深深的酒窩。

深深的深深的，令人恐懼的洞。

26

讓我看看妳的床

第二張床

公主，第九十九號海尼根

因為酒的緣故，床鋪像是充滿了亂衝亂撞的氣泡，浮浮的，不那麼踏實的，柔軟而且暈眩。

暈眩的是她的臉。她的臉浮在我的上方，眼底沒有光，只有不斷湧出的悲傷。大概是沒辦法再假裝了吧，日光褪去的同時，底層的霜就變成了午夜的慌──午夜的南瓜馬車，空慌空慌的離開，空慌空慌的駛近──空慌空慌。

「為什麼？為什麼？」她反覆說著，說的那樣茫然。

那使我想起幾個小時前，我們坐在包廂裡，一見面她就對我說：

「我叫公主。」

「公主？」身旁的男人全樂不可支的笑了起來，「公主耶！」

「她叫公主耶，小張，聽見沒有？公主！」一個戴墨鏡的傢伙興奮的轉過頭來，低聲的對我說：「放輕鬆，小張，你太ㄍㄧㄥ了啦，來這種地方當然要……」

「現在不流行了嘛──現在都沒有人叫公主了嘛？」有人亂叫著：「現在人家都嘛唱『小薇』。」

四周的光線一下子暗下來──也許不算暗，而是整個空間的氛圍讓人有一種不得不的、以為「人生就是這樣了」的恍恍惚惚。木質地板。沙發椅。桌子。吧檯。超大投影幕。廁所轉角的內門推出去，裡面有個小房間，依稀可以看見一張床，床上黑漆漆的什麼也沒有。窗外跌落一抹白色的光，像白色的水母觸手盤在門洞口，稍一踩進房間仿若就會被螫傷。

怎麼會被帶來這種地方呢？

「私人招待所喔！」那時候，開車的男人非常豪邁的說：「安啦！反正你們到那邊就知道了，絕對隱密的啦！」

是啊，滿屋子粉紅色鑲鑽丁字褲。薄紗。吊帶襪。黑色高跟鞋。一綹一綹的長髮逸散著濃密的香水，像蛇，一伸一縮的舌頭輕輕舔過臉頰，一種濕潤的震顫在心底擺盪著。

「你好，怎麼稱呼？」叫作「公主」的這個女孩很快的坐到身旁，倒酒，攪拌冰塊，胸口的深邃線條大剌剌起伏著。

「叫張董！」戴墨鏡的傢伙仍舊興奮的比手畫腳，「公主喔，公主服侍我們小張耶——小張，還不把酒乾了？」

「喝這一杯，這杯有加水的。」她靠在我的耳邊，吻著，吹氣說。

「我敬你，張董。」她舉起酒杯，酒喝得有些急了，酒漬從嘴角流出來，滑過頸部、鎖骨，很快吸附在淡粉紅的薄紗上，那使得她的亮片胸罩出現一小塊不規則的暗紅，像不規則的情緒，或者，一顆放大的櫻桃。

「叫，叫我小張就好了。」我結結巴巴。

「第一次來？」她伸手去拿桌上的濕紙巾，為我擦臉、手，然後揉捏我的肩膀，力道極輕，但胸前的亮片有意無意摩擦著我的臂膀，帶點若隱若現的刺痛。

「要不要來一顆酸梅？」她說：「這樣比較不容易醉。」

「妳……」我試著尋找話題，「為什麼要叫作『公主』？」

這是什麼蠢問題？像是電視畫面裡的記者對著車禍現場的受害者窮追猛打，「您現在感覺怎麼樣？」「會不會痛？」「要不要幫你打一一九？」我這麼笑自己。等我意識過來，她的指尖正從我的胸口往下滑，滑經腹肚、腰側，緊接著我聽見皮帶被解開的金屬聲──

「輕點，輕點！」戴墨鏡的傢伙側過身來，「我們小張啊，第一次──第一次來這種地方啊──對！就是這樣，這樣就對啦！」

一陣刺激衝上來，不知是金屬還是什麼的，使我不由打了個冷顫。

是她的手嗎？怎麼這麼冷？

「我跟妳說喔小妹，」戴墨鏡的傢伙抹抹嘴，「小張是我們公司最年輕有為的新進人員啊，最近才剛剛結婚，『新烘爐、新茶壺』吶，妳要溫柔一點，不要讓人家老婆以後沒辦法Happy嘿！」

她笑著，頭也不抬的，突然整個人壓在我身上，酒精蒸發後的腥臊一下子竄進我的鼻息，滑腴的觸感彷彿讓人陷入流沙般的世界，陷入最深最深的暗黑裡，奇怪的是，竟感到無比的幸福，好想好想就這麼和她沉在這裡啊。

這麼想的同時，我吃驚著，再怎麼說，妻正在家裡等著我啊。等到回到家，她肯定蜷在客廳沙發睡著了。她始終缺乏安全感。我想，也許是這陣子以來工作壓力太大了吧，也許，妻對我的要求太多了，否則我怎麼會有這樣想逃開的念頭呢？

即使死在這個女人的懷裡都無所謂？

她又靠得更緊更緊些。那不同於妻纖瘦的身體，而是豐滿的，水汪汪的，一扭一扭的，也就是躺進大地裡，嗅聞著泥土的芬芳，那樣無牽無掛的放鬆感。

真的好累好累啊。

我看著她，打扮得像個公主的這個女孩，她深深的依偎著我。

「妳喝醉啦？」她的呼吸拂在我的耳下，癢癢的，綿密的，很親愛的姿態。

「我只是有點，有點暈，借我靠一下下就好……」不知為何的，她的眼角流下一滴淚來。

我挪了挪身體，依舊被她抱得緊緊的。

「哇！公主抱著王子唷！」戴墨鏡的傢伙起鬨著。

「在一起！在一起！在一起！」有人喊。

「親親！親親！」

你一言我一語，所幸聲音很快離開了，因為另一邊爆出更大膽、更激動的畫面。

「沒什麼，」她抬起頭來，「我今天，和我男朋友分手了。」

啊？

「不過也好，他本來就是個爛人……平常都是我在養他，結果他還去外面把妹，活該被我抓到……」她口齒不清，「你們是做哪一行的？」

我不知該如何啟口告訴她？

「那這樣好不好，如果ㄑㄧㄝˋ拳你輸了，那就告訴我——」她仰起頭，兩條淚痕掛在臉上像兩條黑色的傷疤，上揚的眼角流出細細的紋路，我揣測著，她應該三十好幾了吧？

「錯！」她生氣的說：「我今年才剛要滿十九！」

我捏把冷汗，還好她不是未成年。

「而且，」她說：「我還得過我們公司票選的海尼根公主第一名唷！」

海尼根——我還是沒辦法不去注意到她像氣球般鼓脹的胸部，亮片胸罩上的那

塊暗紅色酒漬一直沒有消退的跡象，我下意識彈了彈指。

「告訴你這麼多，結果你什麼都沒說，不公平！」她嘟起嘴來。

我靠近她的側臉，聞到隱約飄散的菸味，混合了香水與冷氣房的機械氣味。她的耳朵輪廓短而細——是耳根子軟的那種人——上面鑲了好幾顆不規則的星鑽，然後我輕輕說了幾個字。

「啊?真的啊?」她睜大了眼，「那你不就認識周杰倫?」

「我隨便說說，妳還當真啊?」我笑起來。

「厚——你這個人怎麼這樣——」她作勢把酒潑到我臉上，一瞬間，又癱軟了下來，整個人躺進我的懷裡。

「喂!」我叫著，沒有反應。

「喂!」還是沒有反應。

香水與肉體的熱氣壓在我的大腿上，眼前有模模糊糊的晃動的人影，叫著笑著。螢幕上正播放梁朝偉的〈一天一點愛戀〉，那是他的第一首國語歌吧?他唱那首歌的時候，已經和劉嘉玲在一起了嗎?我和妻已經在一起了嗎?

我思索著，瞥見戴墨鏡的傢伙緊緊摟著一個女孩，雙手不安分的在對方身上滑來滑去。

所有人都跑去跳舞了，整排沙發空盪盪的，只剩下我和她。她斜躺在我懷裡，我輕輕摟著她，突然有一種遺世獨立的感受，至少我還擁有她，至少彼此還相依相偎。我其實很自責，因為我一點也記不起妻的臉，似乎想到她的時候，也就想到生活，生活啊，也就是壓力而已。

我們之間，也有這樣單純的依偎嗎？

戴墨鏡的跑過來大吼著：「小張小張！幹什麼？搞不倫啊？」說著，拉起她的手，「起來起來！小妹，老哥告訴妳一件事！出來混就要有職業道德嘛，怎麼可以在我們小張面前睡覺咧？」

「誠懇鬥陣嘛。」

「要誠懇——」戴墨鏡的乘勢抓住她的胸部，「小妹！妳再不醒來，別怪老哥不客氣了喔！」

他噘起唇，像章魚一樣的，嘖嘖有聲。

我站起身來推開他，「你不要這樣好不好？Michael，你很煩耶！」

「什麼啊，我是在幫你爭取福利耶！」

我把她扶進小房間裡，喧鬧的聲音瞬間被阻隔在門外。

「給我酒……」黑暗中，她嘟嘟噥噥的：「給我酒……」

「妳喝醉了。」

「我沒醉！」她叫著：「給我酒！我要酒！」

像是廣告上，那個拚命踮起腳尖，無論如何卻搆不到酒瓶的女主角，她跌跌撞撞的推開門，跑了出去，跑到吧檯後方，打開冰箱，一整面海尼根像一抹綠色的牆，而她是撞破了頭也衝不出去的氣泡。

「我每天給他錢耶！每天給他錢……」她顫抖的說，然而沒有人聽見她說什麼，戴墨鏡的正將另一個女孩的丁字褲扯下。

「結果呢，今天是我的生日——你知不知道？今天是我的生日！」

「我好希望有人可以好好愛我喔……」她哭起來了，「像對待公主那樣好好的愛我……」

我試著把她扶進房間裡，她甩開我的手。

「我沒事……我告訴我自己，在喝完第九十九瓶的海尼根，如果有人……如果有人……」

碰的一聲，她又跌進我的懷裡了。

我摟著她，像戀人那樣摟得那麼緊的，低低的，緩緩的對她說：

「Happy Birthday。」

「生日快樂。」

「我的公主。」

讓我看看妳的床

第三張床

在黑暗裡練習說愛

「其實我很怕黑。」她說。

「為什麼？」

我看著她的臉——其實，我什麼也看不見——只是因為她的聲音聽起來很美，所以覺得她應該長得不差。

「不知道，可能和我小時候的記憶有關吧。」

「怎麼說呢？」

我聞著她的床，像雨天裡潮濕的木頭，也像貓的後頸，發散著一股說不上來的氣味——也許是黑暗使得嗅覺也一併失去了分辨的能力——現在回想起來，是不是一進房間的時候，她的床就是一整片的黑呢？

似乎一直以來，她就是活在黑色的夢魘裡。

「是啊，」她說：「好像是有一次，我和弟弟到學校的後山去玩——我們那個學校，它是一個擁有一大片森林的偏遠國中，全部人數加起來不超過四十人，所以校園裡到處都是鬼的傳說——那個後山的防空洞，據說當年躲美軍轟炸，悶死了好幾百人哩。」

「那裡，平時大門深鎖，鎖鍊全生鏽了，鐵鏽看起來像是不規則的鬼臉，同學們都說每到月圓，附近總會傳來一陣又一陣的哭聲，低低的，像嬰兒的哭聲……」

我感到有些冷，是因為黑暗的緣故嗎？我試著牽起她的手，卻意外發現她的身子好冷好冷——真的是她嗎？躺在我身旁的，真的是一個人沒錯吧？

「在說什麼啊？」她笑，「剛剛說到哪裡了？」

「妳弟弟……」

「嗯，」她應該點了點頭，因為我聽見她的項鍊碰撞的清脆，「然後啊，那天下午，我弟弟不知道向誰借的膽，說：『姊，我們到那個防空洞裡面看一下好不好？』」

「我嚇了一跳對他說：『你發神經喔？那個地方死過人啊，隨時會有鬼跑過來抓你唷！』」

「可是說時遲、那時快，我弟弟已經一隻腳跨進裡面了。」

「啊？」我好像聽到「喀噠」一聲，有什麼從哪裡掉下來。但她沒有理會，繼續說：「『好奇怪喲，』我弟弟當時這麼說：『我才碰了它一下，那個鎖就這樣嘩啦啦碎掉了！』他拉著我的手，把我往裡面推，我的一顆心幾乎要跳出來！」

「然後，也就是那時候鐵門突然關上了，怎麼撞也撞不開！」

「那怎麼辦？」寒冷重壓在我的胸口上，我有些喘不過氣來。

「只能往前走了啊。」她說：「我緊緊握著他的手，感覺自己的肩膀一直有水滴落，腳下同樣是一片潮濕，我小聲問我弟弟說，是不是聞到一股臭臭的味道？」

是啊，是不是有什麼氣味覆蓋著我們？我想起身確認，但四肢有些無力。

「他說，他只看到了轟炸之後的美好。」

「他說，姊，妳不覺得這裡很安靜，安靜到讓妳忘了自己還是不是活在這世上？」

「是啊，我又氣又怕：『死過好幾百人的地方誰敢吵！』」

「我弟弟沒有出聲，拉著我走了好遠好遠，好像他本來就知道黑暗裡的任何一條路，好像他從來就清楚那裡面有一個什麼驚人的祕密？」

「我們走了好久好久，看見光——奇異的光，眼前突然出現一整片明明亮亮的風景，流雲飛散，微風亂竄，宛如一幅電影特效的畫面！草地上幾隻小狗朝我們撒嬌，蝴蝶飛入花叢，鳳仙花的種子彈跳滿天！」

「『姊，妳看！』」

「我不敢置信，在最黑暗的地方居然有這麼一個光明的所在……我看著我弟弟：『這就是你說的，轟炸之後的美好？』」

我點點頭，好像我就是那個黑暗中，一起和她冒險的弟弟。

「我弟弟點點頭，說：『這和我原本的預感不太一樣。我想像中的寧靜，應該是核爆之後的那一種安詳——所有的人事都被夷平了，所有的勾心鬥角也都被摧毀了，世界上的階級與人種，它們被重新分配，不再有哀傷，到處和諧。』」

「我聽了全身僵硬，心想他是在說笑嗎？緊緊依靠著他的臂膀，手裡感覺到他掌心厚實的溫度……」

「這時候，我弟弟突然轉過頭來看著我——像電影男主角看著女主角那樣的——他說：『就算是死過人的地方那又怎樣？最起碼，我還和妳在一起！我們待在同一個空間裡！』」

她是打算表達亂倫的故事嗎？我這麼吃驚著。

「也不是，」她說：「在一個極度陌生的空間裡，有一個男人和妳如斯親近、面孔和身體都熟悉得不能再熟悉，儘管只是妳弟弟，卻緊緊牽著妳的手、維護妳、誓死不讓妳受到任何傷害……那種感覺……那種感覺，該怎麼說呢？」

「妳弟弟是個很早熟的人嗎？」我還是無法理解她弟弟在想什麼。

「我弟弟接著說：『姊，妳一定覺得很奇怪對不對？可是從很早以前我就這麼決定了，這輩子非妳不娶！就算無法和妳長相廝守，也希望妳永遠不要流淚！』」

「他的意思是，他愛妳嗎？」我試著移動手臂，似乎還有感覺。

「嗯。」她的項鍊又響起清脆的聲音：「我當時非常激動，因為我和這個弟弟是同父異母……所以，平常在相處上，總有那麼一點不同於一般姊弟的感情，並非那種曖昧，而是在某一個時空裡，妳會突然和他交換一個心照不宣的眼神，或者撿鋁罐的時候，他的手碰到妳的，然後你們兩個都愣了一下……」

「也許，我是愛他的，只是長期以來逃避這樣的想法罷了。」她嘆口氣，「感情的層次有許多種，那裡面不是輕易能夠被區分為這不是愛、那才是愛的加減乘除的。好比說，愛情裡的愛才是愛嗎？結婚以後的算不算呢？親情呢？好朋友之間的呢？」

「所以說，妳才怕黑？」我問她：「這和妳怕不怕黑又有什麼關係？」

「因為黑暗裡不依賴視覺啊。」

「什麼意思？」

「因為看不清楚，一切都變得可能……你知道嗎？人的視覺占了一生很大一部分……」她說：「有些人終其一生，視力正常卻什麼也看不見。」

「有些人儘管瞎了，卻看得比誰都清楚。」

她在玩文字遊戲嗎？一種動物性的毛茸茸的氣味襲擊著我，我突然好睏好睏，好想睡一覺。

「就像那天，防空洞裡出現那麼一大片美好的風景，那不是誰都看得見的畫面，不是嗎？」

所以說，〈桃花源記〉也是盲目的嗎？〈桃花源記〉也只能在黑暗中獲得？

「也許。也許我們都曾經歷過這樣一兩次的冒險，原本以為見鬼了，事後回想起來，卻深深愛上那個遺世獨立的畫面，但它再也不會出現了，永遠不可能出現了……因為我們再也看不見了……也許不是看不見，而是看得太清楚了。」

「所以，你千方百計想挽留它，讓它成為永遠？」

「是啊，我希望它能夠成為我記憶裡，唯一一次的經驗，所以我無法和另外一個人，共同在黑暗裡再次經驗那一段感受！對我來說，它是唯一的！」

真是奇怪的女孩。因為這樣就怕黑？我呵著氣，屋裡的空調冷到了一個極致。屋外的光線從密合得嚴嚴的窗簾縫裡透出一絲絲亮度，蒼白的，沒有面目的，像空氣裡糾纏的氣味：一搭沒一搭運轉的冷氣，一縷一縷似有若無的香菸與香水味，似乎所有的旅館都是這樣的基調：安靜，並且寒涼。

我枕著手，靜靜聆聽她終於睡去的鼾聲，她的臉龐掛著淚嗎？我想起從前和妹妹吵完架的稚氣……那時候，我對妹妹也有其他的想法嗎？這是冬季最後一個早晨，霧氣滲入我們四周，彷彿房間生出一場夢，白茫茫的夢境使人茫茫然，使我意識到，我們是萍水相逢的戀人，儘管短暫，為什麼我卻感到隱隱作痛的不安呢？

我看著那一絲光線緩慢移動，像蛇一樣的移到天花板上，像一條撕開什麼包裝紙的絲線，想必另一個房間裡，還有情侶也躺著，也許也有一個人還沒睡著。他們是否想過，再信誓旦旦的愛情，也有保存期限的時刻呢？一旦愛情成為嚼了太久的口香糖，司迪麥的廣告也難以拯救我們最初的愛。最初的時候……我突然想起剛剛分手的女友，她的笑臉和眼前的這個女孩多麼相像！

這一刻，她在做什麼？想什麼？在分手不到一個禮拜的這個早晨，她會想起我嗎？我不斷反問自己，為什麼非得和她分手？為什麼非得在這個時刻想起她？但我知道，是我練習得還不夠！愛情原本就是一場彼此囓咬吞噬的恐怖過程，想吃的時候很難說不，弄到最後要找護士，灌腸時我們大叫著：不不不……似乎長久以來，我純粹在逃避而已，逃避不知該怎麼愛？該如何挽留愛情——愛情的記憶？

然後，黑暗像一張厚重的被毯，迅速的將我包裹起來，只依稀聽見有誰在那裡說：

「我愛你我愛你我愛你……」

「我愛妳我愛妳我愛妳……」

我聽見自己低低的哭聲，像她低低的說：

「其實，我真的很怕黑。」

「其實，我也怕黑……」

第四張床

公主，不倫造句

「所以說，保險套外面滑滑的，究竟是為了什麼呢？」

「可能是怕男人卡到吧？」

「喂！你……」

嘴巴被堵住了，男人的舌頭像蛇一樣滑過來。

她的心頭一陣揪緊，連帶身下的床鋪也緊緊抓著她，往下掉，再往下掉——會掉去哪裡呢？連她自己也搞不清楚，只知道蛇在她的嘴裡游移著，熱的，也是冰的，熱的是她的眼眶，冰的是她的手心，所謂冷暖自知，然而終究說也說不上來，關於那些從前的滋味。

從前，從前變成一隻男人的手，或者一根舌頭，甚至一口氣，像蛞蝓一樣，溫吞的往下爬，再往下爬——

*

爬到底了，其實。

其實，一直以來她就討厭這種溫吞感，不冷不熱的，算什麼？不冷不熱的感情。不冷不熱的咖啡。不冷不熱的天氣。不冷不熱的炒飯和雞湯——為什麼不能絕對一點呢？為什麼不挑明了說「我愛妳」？她想起年輕時，他們是那麼在意「喜歡」與「愛」的分別——現在回想起來，兩者哪有什麼分別？就是投入啊，感情投入嘛，就算在那之後是後悔，起碼也曾經激爽過不是嗎？

不冷不熱的，算什麼？

「說妳愛我！」

「你……」

「有多愛？」

「我……」

男人突然這麼激動著，她有些詫異，沒料到他居然還可以這麼熱情！畢竟，他們才剛剛結束一場激動，照理說，應該是他趴在她身上用力喘息的時刻——她看著他，這個擁有古銅色肌膚的男人，有一片刻，他的眼神似乎飄遠了。

他在分心嗎？思索些什麼？是不是她哪裡做得不對？她憂心的想，不經意瞧見鏡中的自己：帶有一絲絲皺紋與斑點的手背在燈光底下透露出蒼白的顏色。是因為老了的緣故嗎？或者是她想太多了？

「妳的問題就是腦袋塞了太多問題！」她想起另一個男人對她說。

又不是在玩繞口令！

「是啊，但妳的動作很僵硬。」

他究竟憑哪一點指責她？

「憑我愛妳啊。」

這算是愛嗎？還是她太軟弱了？

男人的舌頭還是像蛇一樣，滑的，冰涼的——含有一絲絲混合了可樂與薄荷的氣味——他還算有良心嘛，還算有職業道德，她這麼稱許著，打算豁出去，也變成另外一條蛇。

一條沒有愛的蛇。

*

愛要怎麼衡量呢？

她想，這又不是幾克拉鑽戒，也不是頂級法國紅酒，要是愛能夠秤出重量的話，那麼，她對男人的愛是否只剩下幾粒細砂、幾個空杯？

「說，妳有多愛我？」

她沒回話，因為舌頭還不夠像蛇，還不怎麼習慣忽冷忽熱的溫度。說起來，她很佩服男人，怎麼做才能讓舌頭如斯靈活呢？她想起很小的時候，放學回家居然在客廳裡撞見一條蛇，是小蛇吧，嚇得她不敢進門！直到母親下班回家才用鐵夾子將蛇夾出：細長的身體像一條棉繩，也像許多無力的片段——那個無力的狀態讓她心裡抽痛了一下。她甚至想起那天她和姊姊在文具店裡買妥了離婚協議書，要父親和母親做個了斷——但她其實很自私，因為她假裝大方的讓姊姊先選，剩下的就交給她，而她明明知道姊姊會選父親的……

怎麼搞的，她今天怎麼盡是想到不開心的事？

「妳啊，」母親說：「妳從小就是這樣，悲觀。」

悲觀也是從妳那裡遺傳的啊。她很想這麼說，但她不敢。

「妳啊，」母親說：「再怎麼說，他還是妳老公啊。」

那妳自己呢？她想起父親，經常離家的父親惹得母親經常淚眼汪汪。但回想起來，那其實是母親自找的，誰教她當年要選擇另一個男人出軌呢？出軌的母親一個禮拜就後悔了，然而婚姻已經回不去了。父親愛上了喪夫的小嬸——這又是另一段很長很長的故事了——縱使不愛小嬸，又如何能夠接受出軌的女人呢？男人總是要求女人原諒，卻始終無法原諒女人，她恨恨的想，為什麼不能公平一點呢？為什麼男人就是不願意寬容的對待女人？

「公平？妳以為在考試啊？」母親說：「既然他是妳老公，妳就要盡到做妻子的責任啊。」說得那樣正氣凜然，仿若貞節牌坊似的。

「狗屁，三秒膠都比他強！」她在心底想。真受夠了她母親的老掉牙論調。尤其是「老公老公老公」——什麼時候，他們變成了沒有名字的人？什麼時候他們只剩下責任的頭銜，而不是各自的名字？沒有名字的人，給得起一樁幸福嗎？有資格給嗎？

「莉莉……」冷不防，她吃了一驚，沒想到男人會這麼叫她。

「說妳愛我！」

「說妳愛我！莉莉！」

「大聲說出來！」

她看著眼前這個激動的男人，霸道的力氣以及失去光澤的眼神，手臂緊緊攬住她的腰身，試圖把她拗折成他想要的樣子，但她沒有反抗，任憑他擺布支使，甚至渴望蜷縮成他的孩子。

孩子。她似乎聽見有誰在那裡輕輕喚著：媽媽。媽媽。

她有些害怕，同樣激動的抱緊了男人說：

「我愛你！我愛你！我愛你！」

她說，聲音有些氣弱的。

＊

「如果愛沒有溫度，我們都將被凍死。」

她不記得在哪裡看過這個句子了，只覺得說這話的人肯定很相信愛情——起碼，對愛還抱有期望——不像她，很早就看清愛的面貌了，「因為誤解在一起，因為瞭解而分開」，感情要是能夠這麼絕斷，她也很願意輕鬆一點面對眼前這個男人。問題是，他們太早瞭解彼此，卻始終不夠瞭解愛，以致兩個人坐著坐著總感到有什麼不對勁的疏離感。

她想起那次跨年時，他向她求婚，卻被她回絕了：

「我還是學生耶。」

「妳不是明年就畢業了嗎？」

「可是——」她說不上來，只覺得哪裡弄錯了。

「那妳的意思，就是不想和我結婚囉？」

她站在那裡，覺得這一切來得莫名其妙。什麼時候他變得那麼不可理喻？結婚這件事難道就是必須失去理智嗎？

「妳聽我說。現在外面的世界那樣複雜，我希望我們彼此都先安定下來。」他說。

「你是說，你對我們的愛情沒有信心？」她想起母親與父親的情感，忍不住顫抖了一下。

「也不是那樣，只是，欸，我只是……」他把她的手握得更緊更緊，「我只是希望妳永遠不要變，不要被外面的世界給影響了……」

多麼自私的男人！她憤怒著，不明白他們的愛究竟建立在什麼基礎上，更不可思議的是，她後來居然還是答應了他！她是怎麼搞的？

幾年後的同學會上，她看著當年那個暗戀她的男生，突然想起這個問題——或者說，她們都在思考這個問題：為什麼當初會答應枕邊人的求婚？這真是一件要命的事，好像買一個東西，也不知道需不需要，只是覺得出去逛街總得花錢，或者像是面對日復一日的早餐中餐午餐，「到底要吃什麼呢？」於是對方要求了，看著沒什麼不好，也就點頭答應了。

然而，心裡究竟是怎麼想的呢？彼此的愛還有溫度嗎？誰願意年紀輕輕就被凍死？她又想起幾天前，在那個「外遇網站」上看到的描述：「其實，我過得很好……結婚後，就像童話故事說的那樣，王子與公主從此過著幸福美滿的日子……那我怎麼還會想來這裡逛逛？」是啊，那麼多的男女在那個網站上遊蕩！她每次上站，都覺得這世間的愛情或婚姻多麼寂寞，卻偏偏以為可以在另一個人的身上找到

出口，但有沒有可能，遇上的永遠是迷宮而非必然的尋寶圖？

在迷宮裡手牽著手，與在尋寶圖裡手牽著手，感覺是很兩樣的吧？

她真的受夠不冷不熱的愛了。她真的受夠了他！

「他可是妳老公啊！」她母親說。

「不如，讓我們重新來過吧。」王家衛說。

「我只是希望我們彼此先安定下來。」他說。

「曾經有一份真誠的愛擺在我的面前，但我沒有珍惜，等到失去的時候才後悔莫及……」周星馳說。

「再說一次愛我！」眼前的男人說。

「再說一次你愛我！」她說。

高亢的嗓音迴盪在小小的房間裡，她不知道是男人的聲音還是自己的，總之，彷彿要把自己的感情全部嘶吼出來那樣，她用力的吶喊著。

其實，她只不過是需要一個溫柔的擁抱罷了。

她只不過需要被瞭解。

＊

「為什麼保險套要有潤滑劑？」

「為什麼要說『插入』，不說『包圍』？」

「為什麼作愛後，你都不願意抱我？」

「為什麼嫁給你，我失去一切，你卻得到所有？」

「為什麼要得到快樂這麼難？」

「為什麼——」

＊

「卡！卡！」

有人高喊起來：

「妳到底是在叫春還是叫外賣？」

她抬起頭，光線有些刺眼，攝影機的鏡頭有著金屬的銳利感。

「要有感情嘛！」導演罵：「妳這樣觀眾會覺得妳很假耶！」

「要讓人家覺得，有愛在裡面啊！」導演說：「企畫部不是有跟妳溝通過了嗎？『莉莉公主的濃厚的愛意交換』，既然是『愛意交換』——愛意妳懂不懂？——要有愛嘛，沒有愛怎麼說服觀眾？觀眾怎麼記得住？記不住怎麼掏錢？」

「我們還要上網剪預告片啊！」

她想起最初的時刻，在二輪電影院裡，有人用小指頭勾著她的小指頭——她緊張得坐立難安，手心發抖——然而，真正讓她記住的是，同樣的電影院裡，那個隔座的少年突然問她：「勞勃迪尼洛是不是長得瘦瘦高高的？」大概是失戀的緣故吧，那一次，她和少年一搭沒一搭的聊起眼前的那部電影。中場休息時分，她才看清楚少年原來又高又瘦，從外頭買飲料遞給她說：「今天我已經在這裡看了七、八個小時了！每次放假都不知道要去哪裡，只好在這裡坐一整天，不過我今天特別高興，總算有人願意和我講講話……」她看著他：年輕許多的他，眼底閃爍著不確定光痕的他，不知道是寂寞還是什麼，總之，她的心被觸動了一下。

（少年說：「澎湖的電影院又小又窄……」）

（少年說：「妳看起來很傷心。」）

（少年說：「離開故鄉真的好寂寞好寂寞啊。」）

「喂喂喂，我在跟妳說話啊！」導演還罵罵咧咧：「妳到底懂不懂什麼叫作愛啊？」

「喂？」

「喂！」

她想起自己拍過的那些許許多多的影片，想起自己長久以來的情感生活，終究忍不住哭了起來。

因為，她真的真的真的，忘記了。

忘記該怎麼——

怎麼——

愛。

第五張床

不能說的祕密

夏季結束之前，她再度夢見那些水母。透明。澄藍。近乎果凍般柔軟。柔軟的水母屍體靜靜躺在沙灘上，任憑海潮推移，漸漸漸漸乾癟，漸漸漸漸變成黑色的影子，占據著她的視線。

她舔舔唇，難以忽略又腥又甜的那股氣味，氣味帶她回到那次登山事件，一種久別重逢的激動久久不去。

那次登山過程中，她的手被他緊緊牽著，兩個人遠遠落在人群之後。山嵐縹緲，高密度的濕氣很適合彼此依偎，她分不清究竟是霧露，還是誰的虎口冒汗，但她清楚感覺到戴著婚戒的無名指被掐痛了。

「唷，小張，談戀愛啊？」終究，還是有人注意到了。

「可是……」又有人欲言又止。

「欸啊，年輕人嘛。」有人長長嘆了口氣。

他的手握得更緊更緊了。其實，她早該習慣，像夢裡重複死去的水母，一寸一寸黑澹下去，一寸一寸朝她浮湧過來，像一整片匍匐的影子不斷前進著，使她有些遲疑，又有些不忍，恨不得尋覓一隻倖存者，將牠扔回海底——防波堤上盡是迎風而立的海鷗，牠們來回啄理頸毛，神經質似的圓眼珠令她感到困惑：牠們是否正準備掠食眼前的腐屍？

或者，掠食她？

在夢裡，她這麼擔憂著，冷不防聽見，「說不定是怕弄亂了羽毛呢。」丈夫低沉的嗓音出現在她耳邊，侵略性的呵著熱氣，「說真的，海鷗是很龜毛的動物呢。」

她詫異著，丈夫昨晚不是出差去了嗎？

「別怕。」他說，繼續握著她的手說：「別理他們。」

說真的，她不怕，只是無法理解，丈夫為什麼就連在夢裡也不肯放過她呢？

為什麼就連天氣也不肯放過他們？

此時此刻，他們已經因為暴風雨，困在這個登山山莊多時了，一群人望著屋外哀聲嘆氣，雨似乎沒有停的意思，刷刷刷刷彷彿要將世界沖洗乾淨。他們有一片刻震顫著，極其絕望，因為門變形了，一絲絲泥土還是樹枝從邊框縫隙伸進來，似乎下一秒重力加速度就會將這個屋子沖垮！

「怎麼辦？怎麼辦？只剩下幾條巧克力啊。」有人摸出軟爛的包裝。

「小張，還談戀愛啊。」還是有人不死心的問。

「手機完全不通啊，緊急電話也不通！」有人重複著沒意義的話。

事出突然，他們沒料到會被困在這裡，已經沒有多餘的儲糧了，再下去的話該如何是好呢？她看著焦急的其他人，感到奇特的心安，覺得可以和他一起死去說不定是完美的結局，畢竟，現實這麼殘酷，何不在另一個世界裡獲得夢想的實現呢？

她又捏了捏他的手，他也捏了捏她的，像小學放學時，被老師命令著和隔壁的男同學手牽手，「這樣才不會走失啊。」她記得老師是這麼吼的。班上好多女生都露出嫌惡的表情，唯獨她感到幸福無比，畢竟那個暗戀的小男生就站在她身邊呢。

「我愛你。」她用無聲的嘴形告訴他。

他笑著，不忘留心旁人的目光——不忘想著：該怎麼從這裡逃出去？

而她想到的反而是那個夢境。在夢裡，她頻頻回頭，無法確定身後是否有人？和他相約的那個地點怎麼也走不到，整片沙灘浮現一圈圈的黑藍，真正的水母墳場，但她仍不肯放棄尋找一絲絲生靈，一如這陣子她和他祕密進行的對話——她自己也感到詫異，畢竟一直以來她就是個乖乖牌，哪裡知道，現在居然對丈夫以外的男性說愛？

仔細想起來，沒有爭吵，也沒有傷害，她的家庭生活根本沒有任何問題，但她為什麼——她踩著那些塑膠袋揉皺似的屍首，彷彿踩著南部鄉下燃燒之後的焦土，竟感到無比溫暖，無比踏實。

「找到了！找到了！」不知是誰在屋裡發現一個餅乾盒，大概是之前的登山客留下來的吧。

「打開看看，快點，看看有什麼可以吃的！」她聽見他吞口水的聲音。

「快點！」她聽見另一個吞口水的聲音。

但他們很快就停止任何動作了——一尊巨大無比的「什麼」浮現在天花板，帶點蘋果綠、帶點透明感，一雙深藍色的眼睛像要把每個人都看穿的，低低的說：「是誰將我釋放出來的？」

初始，沒有人敢回話，卻在靜默許久的同時有人放了個響屁——「說吧說吧！」那聲音說：「有什麼需要我實現的？」

一夥人趕緊提出他們的要求，不外乎盡早逃離這個山莊，不幸的是，眼前的這個精靈沒辦法拯救他們每個人，它說：「本來就是啊，我是設定一對一的拯救角色，難道你們從小都沒讀童話故事嗎？」

「那你可以幫助我們什麼？」她再次聽見他吞口水的聲音。

「一天三餐。」低低的聲音說：「條件是：每個人都必須說一件隱藏在心底的祕密來交換——一次一個人。」

「而且越醜陋越好。」蘋果綠的「什麼」笑嘻嘻，它的笑聲引起了眾人的不悅：

「搞什麼，現在精靈也這麼現實？」

「就是說啊，童話故事不是這麼演的嘛。」

「不對喔，金斧頭銀斧頭就是交換的故事啊，不是嗎？」

「拜託一下！我們現在去哪裡找金斧頭銀斧頭？」

「我是說交換，重點在交換好嗎？」

一夥人七嘴八舌，她在一旁聽著，彷彿又來到那個夢境，夢裡她打算放棄的時候，赫然發現海岸線上一只淡藍色的，靈秀動人的水母腔袋，內臟全往外翻了，卻還是掙扎著朝她咻咻抽動，「說真的，妳的事我都知道啊。」丈夫的聲音再次出現在她的耳邊，她記得她的腳掌一陣刺痛，有人走過來低聲的說：「小姐小姐，軍事防線，別靠得太近啊。」然後她醒來，床邊空盪盪的，只有那隻老貓舒服的枕在她的小腿上。

她思索著，也許待會可以私底下說說這個祕密吧。

「不行喔，要公開喔，要公開講給大家聽！」蘋果綠的「什麼」再次笑嘻嘻，似乎洞穿了她的想法。

簡直就是個愛聽八卦又壞心的精靈嘛。

比起彼落的憤怒抗議著：「我們絕不屈服在淫威之下！」

「就是說啊，打倒資本主義！」

「不對喔，金斧頭銀斧頭最後都給了男主角啊。」

「拜託一下！我們現在去哪裡找金斧頭銀斧頭？」

「我是說打倒，重點在打倒好嗎？」

你一言我一語，最終，只聽見咕咕咕鴿子叫的腸胃蠕動，緊接著而來的是第一個人說：「我曾經做錯了一件事……」

「我逼她墮過胎……」

「我根本就不愛她……」

最終，迫不得已，大家只好開始講祕密。

然而，蘋果綠的「什麼」給食物的規則是：一律酸辣，例如：酸辣湯、酸辣麵等，越醜陋的祕密，酸辣的程度越重，但如果講得不夠辛辣勁爆的話，食物又將落空。

「可是，我不敢吃辣啊……」話剛說出口，這個發言者就知道自己說錯話了，畢竟再怎麼說，這可是非常時期吶。

其實，說祕密並不困難，困難的是彼此都認識，萬一說了祕密，接下來還能像往昔一樣相處嗎？恐怕會有另一層想法與判斷吧？於是乎，有人說每晚都偷窺隔壁的女孩洗澡。也有人說自己根本不到十公分。還有人說，就算出國旅行，還是要帶著破破爛爛的那條小被被，「因為上面有媽媽的味道啊。」說話的是個德高望重的教授，他的神情像個受傷的孩子。

真的餓，餓得受不了！卻又為了生存必須說出內心最醜陋的部分，她罵著，這個精靈未免太可恨了，卻又萬分期待他將說出些什麼——他向來很少說自己的事——他會說出他們之間的事嗎？

「我只想說給你聽。」輪到他的時候，他指著蘋果綠的「什麼」說。

「有沒有搞錯啊，我們都說了啊！」大夥抗議。

「就是說啊，你不要太過分！」

「不對喔，金斧頭銀斧頭最後都給了男主角啊，這樣還不過分嗎？」

「拜託一下！我們現在去哪裡找金斧頭銀斧頭？」

「我是說過分，重點在過分好嗎？」

所有人端著杯子，稀溜稀溜的吸著熱湯，又酸又辣逼得他們淚流滿面。

「那就算了。」他把杯子放回面前。

「喂！你不說的話，我們接下來怎麼有東西吃！」

她看著他，因為眼淚而有些模糊的，他究竟有什麼祕密隱瞞著她呢？為什麼他不公開說？她都已經把那個夢境說出去了啊，為什麼他還這麼彆扭？難道他曾經說過的「我最愛的是妳」、「我願意把性命給妳」、「妳才是我的老婆」，這些莫非都是天大的謊言嗎？

她以一種既期望又怕受傷害的眼神看著他，希望他說出實話。

然而，又過了二天，因為他的緣故，即將傍晚來臨的時刻，大夥兒都沒東西吃了。

「喂！合群一點吧。」聲音有氣無力的，空氣裡開始飄浮著難聞的氣味。

「就是說啊，小心我們揍你！」

「金斧頭和銀斧頭……」

「現在去哪裡找……」

「重點不是在那裡嘛！」

她的肚子彷彿豢養著一群鴿子，亂飛亂撞，使她有種浮起來的輕盈感。「說啊，你說出來啊。」她在心裡這麼吶喊著，即使是最不堪的時刻，她也希望維持一貫的優雅——她想起在夢裡，被水母螫傷之後，她坐在海灘上伸著腳，等他前來搭救——「說啊。」她想起丈夫，會不會，他也有什麼不為人知的祕密呢？他現在焦不焦急？

他會想起她要登山的事嗎？

就在大家打算朝他撲過去的時刻，蘋果綠的「什麼」同意他私下說給它聽。

他們走到後面的那個房間，好一半晌，他端來一鍋黑壓壓的東西。

「這是什麼？」

一點也不像之前的酸辣湯，表面浮著一層油膩膩的黑色液體，有些濃稠、也有些說也說不上來的氣味，但每個人實在餓得受不了了，大夥你一碗我一碗的，還是選擇喝了下去。

豈知，一陣作嘔之後，眾人紛紛癱軟在地！

「為什麼為什麼……」

就在她逐漸闔上眼睛的剎那，望見佝僂的他淚流滿面，不停呢喃的說著：

「為什麼要逼我？我早就說過了啊，不是每個祕密都能講的……」

「為什麼要逼我……」

也就是那一刻，屋外響起了伊喔伊喔的警笛聲。

她開始惋惜這個夏天她哪裡也沒去，卻煩惱著該如何收拾夢的場景——她感覺到腳踝再一次湧起了一陣劇烈的刺痛。

第六張床

心痛

昨晚，她坐在便利商店裡喝著冰咖啡，打算發呆的同時，有個西裝筆挺的男人喀答喀答的走過來拍了拍她的肩膀，「妳好，小姐，」他說：「我是惡魔，如果有需要的話，可以在窗口朝西南方的方向默唸三次我的名字，我將會出現幫助妳。」

沒等她回答，他就自個兒在她身旁坐了下來，並且拿走她的咖啡。

搞什麼鬼啊。她先是皺了皺眉，打算出聲斥喝，但一側臉就發現對方極為俊美，並且健壯——嗯，該怎麼說呢？也許就像從電影或者海報走出來的男主角，是個非常帥氣非常挺拔的男人。她因此害羞了起來，細聲細氣的問：「你就是惡魔？」

「是啊，」男人點點頭，「怎麼了？剛剛的自我介紹還說得不夠清楚嗎？」

她不知道該怎麼回應，畢竟這年頭環境荷爾蒙作祟，年輕人發育得特別早、瘋子也特別多。但對方實在太好看了，高挺的鼻子、水潤而有彈性的嘴唇，棕色的眼珠透露著奇特的光，彷彿是瓷做的，彷彿一整面雪地投射的深邃湖泊，美，真的美，怎麼會有這麼漂亮的男人呢？怎麼會有這麼動人的雙眼？她知道這樣一直盯著別人很失禮，但沒辦法，現實總是那麼殘酷，尤其此時此刻戀愛談得亂七八糟，突然遇見這麼個帥哥簡直就是上天對她所受的傷害的彌補嘛。

「可是，我沒有什麼錢聘請一位惡魔唷。」她說，一說出口就後悔了，很蠢，蠢透了，為什麼動不動就聯想到錢上面去呢？她自己也說不清，恐怕是這陣子她經常處於緊繃的防衛狀態吧。又或者，這陣子手頭緊得很，都怪他毫無節制的花她的錢。

「沒關係，」男人看起來並不在意，微笑著，自然而然將她的咖啡喝掉，「別想太多，當妳呼喚我的時候，我就會出現幫妳完成使命，而且，第一次是不收任何代價的。」

果然是個神經病啊。這樣的把妹老梗還在用，不累嗎？「把妹」，她不由笑出聲來，怎麼會以為自己還很年輕？分明前天才過三十二歲的生日，怎麼還這麼不服老？據說二十五歲就是模特兒的極限，二十三歲是運動員的巔峰，至於十八歲已經是詩人走下坡的起點了。她想著，也許是這陣子和那女人唇槍舌戰得太厲害，導致她變成這樣的心情吧。她原本可是個極其優雅的人啊。那個不要臉的小三！憑什麼嗆聲說：「只要我喜歡有什麼不可以！」憑什麼哭爹喊娘：「是他自己愛上我的，我也是受害者啊！」光想到就令人火大！到底是哪根筋有毛病啊。難道她的爸媽都是這樣教她的嗎？難道她的老師是這樣教她的？還敢自稱自己信什麼教，不怕下地獄嗎？

「神經病！我要回家了！」她不假思索的站起身、收拾東西，不敢相信自己的脾氣變得這麼差？這可是一次很值得寫在日記裡的搭訕經驗啊，起碼男人長得好看，又很有創意——雖然情節老掉牙了點，但起碼他還肯動腦筋啊——她快步走出便利商店，走了一段距離之後，忍不住回頭再看一眼落地窗後的座位，什麼也沒看見，想必男人也被氣跑了吧？

也罷，她不痛快的想，男人就是這樣，吃不到也不肯努力，吃得到又嫌東嫌西，吃完後變得愛理不理，吃第二次就覺得哪裡不夠、不好，簡直就是欠揍嘛。

「她……她是誰！為什麼在我們的房間裡？」回到家，門一打開，先是看見茶几上擺了一個紅色的碗，碗上擱著兩雙筷子，還有女人躲在棉被裡手忙腳亂的穿衣服。

其實，早就該有預感，她深吸口氣，剛剛電話都打不通啊，然後大樓警衛的笑容也很詭異，一切都不對勁！

「你們到底在做什麼？」

那個紅色的碗，她記得，那是他買來送她的禮物，說是從英國進口的骨瓷，很貴，為了紀念他們認識二個月，所以買來祝福彼此「永遠每一口都記得對方，永遠每一晚都相依相偎」——雖然很爛的諧音，但以他那麼粗心的人來說，已經算是到地攤打BB彈，沒想到居然射下泰迪熊那麼棒的狀態了。

「你說啊！」她顫抖著，「她到底是誰！」不是不要臉的那個小三，而是另一張陌生的面孔！有一瞬間她喘不過氣來，不知道該怎麼辦？通常在這樣的場合裡，該做什麼才比較恰當？「你說話啊！為什麼要這樣傷害我！」她無法置信除了那個小三，還有所謂的小四——那會不會還有小五呢？難道她平常擁抱的，就是這麼多人的溫度嗎？她究竟和誰生活在一起？他究竟愛著誰？

「妳先出去。」他淡淡的說，把皮帶扣上，撥開她緊抓的手。

「你怎麼可以這樣對我！」那兩雙筷子還擺在那裡，像是宣戰似的，硬生生的插進她的眼耳口鼻乃至，心。

「妳先出去，我等一下再去找妳，好嗎？」他顯然並不打算安慰她，理直氣壯的打斷她所有的憤怒與疑問，「我等一下再跟妳解釋，好嗎？」

她注視著他的表情，他沒有看她，繼續扣著襯衫，一副好整以暇的調調，似乎一直以來他就是這麼漫不經心，似乎在他的眼底女人也就是個工具。

「你說啊！為什麼要這樣對我？」她突然覺得自己像鸚鵡，不斷重複著同樣的字眼，她甚至像連續劇那樣激動的轉向女人，「為什麼？你們為什麼要這樣做！為什麼為什麼為什麼！」

想。

「為什麼要傷害我！」連續劇果然沒有騙人，人在盛怒之下就是會詞窮的，她

「不要鬧了，這樣不好看。」他說：「妳先出去，我等一下跟妳解釋。」

「你解釋個屁！」她終於吼起來了：「你要解釋什麼？現在被我抓到了你才來解釋你怎麼不想想做的當下會傷害我我在你心中到底算什麼你說啊你說！你要什麼就給你什麼要打砲也讓你打到爽要買什麼也讓你刷到爽，我到底算什麼？你到底有沒有把我放在眼裡？你說啊你到底還有什麼隱瞞著我還幹了什麼不可告人的事！說話啊不要悶不吭聲啊你平常不是很會講嗎你不是口才最好？還有妳！妳是誰妳為什麼會躺在這裡起來！妳給我起來！這是我買的床妳起來起來喔讓大家看看妳這個小三！讓大家看看妳——妳還推我！妳還推！」

「喂，妳不要再鬧了喔！」他用力拉開她的手，擋在她和女人之間，「妳不要這樣好不好？難看——」

「看？對，我就是要讓你好看！我就是要她好看！」她吼著，把桌上的碗和筷子全扔向他！

隔壁的住戶開門探頭，可以清楚感覺到一股風灌了進來——家裡的門從剛剛就那樣大剌剌的敞開著。

「看什麼看！有什麼好看的！沒被劈腿過是不是！」她朝他們吼著，也朝房間吼著。

「妳現在是怎樣！」被他扭痛手腕的同時，她捉住他的手臂猛然咬下去——

「媽的！」她感覺到頭頂有什麼落下，像堅硬的小石頭，也像堅硬的雨，先是打在頭上，接著砸向了臉和身體，先是輕的，越來越沉重，最終，她感覺到背上有什麼壓著，重得不得了，於是抱著頭蹲了下來，試著躲開那一巨大的重壓。然而，那個重量沒有打算停的意思，拚了命的擊向她的背部、後腦、頸子，直到她倒下來，腹部冷不防被什麼強烈的衝撞——

「不是跟妳說了嗎？」他氣喘吁吁的，「等一下就會跟妳解釋了嘛。」

「就叫妳不要鬧了，妳聽不懂是不是！」他甩甩手，揉了揉腳。

她聞到鐵鏽潮濕的氣味，應該是血吧，地板上一點一滴，像一顆又一顆赤紅的眼睛，動物性的眼睛牢牢盯住這個房間，盯住他們。

是哪裡流血了呢？她沒去看，抱著肚子蜷縮著。

此時此刻，她想起便利商店裡的那個男人，她突然很後悔，早知道剛剛就跟他好好說話了，還說人家是神經病呢。會繼續待在這種感情裡的她，說不定才真的是個瘋子啊。早知道就跟那個男人走了，說不定一段美好的感情就此展開，說不定可以不必再花這麼多時間、浪費這麼多青春——她抬起頭，看著他和女人穿好衣服，準備離開，離開前還不忘從她的皮匣裡抽走幾千塊——

「你——」她撲上去。

「拿來！你憑什麼拿我的錢！」她像瀕死的野獸發出最後的力氣。

「你怎麼可以——」她想，她現在的樣子肯定很難看吧？在別人眼中，她現在肯定就跟瘋子沒有兩樣。

「放手——」他正要開口，突然就沒了聲音。

鏡子裡，倒映出她抓住他的褲管，而他抓起椅子準備摔往她的身上的瞬間模樣，那猙獰的表情像面對仇人似的，而身旁的那個女人則是面無表情，一手拉著內衣肩帶。

「親愛的，妳怎麼啦？怎麼滿臉都是血？」不知道從哪裡出現的，西裝筆挺的那個惡魔男人喀答喀答的走過來，溫柔的扶起她。

「怎麼樣？需要幫忙嗎？」他露出潔白的牙齒，像那時候在便利商店的溫文有禮。他真的是個非常迷人的傢伙呢，她思索著：要是可以早一點遇到他就好了——但她旋即責備自己，不就是一直愛著中看不中用的傢伙，她現在才會變得如此狼狽嗎？

她仰著臉，看著男人，又看看眼前這一幕：他高高舉著椅子，臉上發出薄薄的藍光，像迪士尼裡的急凍人，身上透散出一股寒氣。她現在才看清楚，剛剛被她咬傷的那隻手臂正流著血，血凝結在半空中，揮灑出很壯觀的蜘蛛網紋路，還有那個女人，那女人來不及調整好的內衣肩帶居然那麼舊！蕾絲都起了毛球，一整個和她人工感很重的五官完全不搭軋，那讓她不由得想起誰說過的話：

「許多女人，只有脖子以上乾淨和漂亮。」

「親愛的，別想那些了。」自稱是惡魔的這個男人撫摸著她的臉，像個父親似的，眼底流露出萬般不捨，「妳傷得好重啊。」

「我的心好痛！」她哭著：「為什麼我總是被背叛？為什麼不能好好被愛？為什麼要一直浪費我的時間？七年啊，我已經和他在一起七年！」她的嘴裡盡是血的氣味，連帶喉嚨刺刺的，想必是血吞進去的緣故吧，據說血是刺的，因為鐵。

「別哭了，乖，別哭喔，看看妳——」惡魔男人像要接吻那樣的掂起她的下巴，把鏡子拿到她面前：眼窩塗了大塊大塊的暗紅，額頭也是，所幸散亂的頭髮遮住了它們，使得它們看起來不至於太嚇人。比較嚇人的是嘴角，一整坨的血漸漸乾了，乾了的橘紅在光線底下更形橘紅，彷彿她剛吃完鮮血淋漓的什麼，她是恐怖電影裡不折不扣的食人魔。

「我真的好心痛，我——」她抱著惡魔男人，放聲大哭起來。

「欸，幹麼這麼傷心呢？妳不是還愛著他嗎？」惡魔男人說。

「我是愛著他沒錯，可是他不愛我了啊。」她說。

「這不是本來就知道的事實嗎？」惡魔男人說。

「可是，事實和假設還是有落差啊，就像愛情與激情未必是等號一樣。」她不明白自己這一刻還想這些幹麼，但她就是不甘心，「我被他深深傷害了！傷在這裡你知不知道！」

她指著胸口。

「我覺得好累好累，」她說：「是不是，我根本就不適合談戀愛？我根本沒資格被愛？」

「不是這樣的，親愛的，」惡魔男人拍拍她的頭，「每個人都需要愛與被愛啊，只是妳比較倒楣而已。」

「那要怎樣才能忘掉這一幕？要怎樣才能不心痛？」她哽咽的說：「七年啊，怎麼辦？求求你告訴我怎麼辦！」

「不對，」惡魔男人搖搖頭，「妳應該要說，求求你幫助我！」

有什麼分別嗎？看著這個凌亂的房間——她付錢租給他的房間——有一件女人

的內褲掉在床邊，是她的嗎？還是小三的？或者是眼前這個女人的？她的腦海裡一片空白，光想著七年就很心痛，儘管早就有朋友開玩笑說：「小心哦，七年之癢啊。」但她還是願意相信愛情的美好，他們終究會天長地久。

「求求你幫助我，求求你……」她對惡魔男人說。

「嘻嘻嘻嘻，好啊，」惡魔男人突然笑起來，笑得那樣邪惡，笑得極為開心的樣子。

「這可是妳要求的喔，這麼一來，交易就成立囉。」

什麼交易？她還來不及多想，只看見惡魔男人摸了摸口袋，很自然的拿出什麼東西，瞄準她，砰。

剎那間，她感覺到胸口被什麼挖空了，以一種極其迅速的方式切開來，胸口空盪盪的，只見血不停不停的從摀著胸口的手心冒出來，像浸在染缸裡那樣，手心手背都是滿滿的溫暖的液體，嘩啦啦啦，嘩啦啦啦。那是什麼聲音呢？她半跪著身子，以一種訝異且憤怒的眼神看著惡魔男人。

「為什麼？」她的嘴裡再次湧上了刺扎扎的氣味，「為什麼，為什麼要這樣對我？」

「親愛的，這樣以後妳就再也不會心痛了啊。」

「這樣，妳就不會哭了。」

「妳就是無敵的了。」

嘻嘻嘻嘻，惡魔男人詭異的笑著，轉身，口中哼起輕快的曲子，像最初在便利商店相遇那樣，優雅而瀟灑的姿態，消失在她的眼前。

消失在那一幕黑暗底。

喀答喀答。

嘩啦啦啦。

第七張床

恐龍還在那裡

她說，當她醒來的時候，恐龍還在那裡。

她說，恐龍朝她眨了眨眼，額前隆起的疣粒層次分明，分明的氣息噴往她的臉上，粗糙暖熱，像午睡的眠夢，像丈夫的手，鬧烘烘的什麼盡皆束收，令人忍不住眼睫低垂，忍不住打起盹來。

好睏好睏啊。她說，長長呵口氣，抱著肚子，似乎很難受的樣子。

該不會是個神經病吧？我想，哪來的恐龍呢？下意識瞧了瞧房間四周，並沒有什麼特別的東西啊，除了那張看也看不清的照片之外。

「那是一條河。」她說：「故鄉的河。」

「故鄉的河。」她說：「我丈夫說，它怎麼看起來髒兮兮的？」

「它怎麼髒兮兮的……」她說：「你覺得它很髒嗎？」

她似乎很在意丈夫，從剛剛進門到現在，已經提了不下十來次有了吧？是因為丈夫的緣故，所以才出現這樣的幻覺嗎？恐龍。恐龍早就絕跡了啊，我在心裡大喊著，恐龍妹反而比較常見呢。卻又冷不防想到；會不會，她其實是在諷刺我呢？恐龍哥——恐龍法官、恐龍老師、恐龍老闆——電視新聞是這麼說的吧？現在的新聞記者真的好愛亂報呢，要是我和她的事被爆出來的話，肯定會被說成「兩個恐龍恰恰好」吧——我們，真的長得很恐龍嗎？

我打量著她的背：肩胛骨像隆起的一張面孔，倔強的在光影底下鼓著腮幫子，腰身細長，臀部又窄又小，光看都覺得整個冬季在她身上沒完沒了。抖。真的抖。大概是痛到了極點吧，那腮幫子抖著抖著。「要不要去看醫生啊？」我很擔心出什麼問題，畢竟我們只是萍水相逢，要不是她沒錢的話，我才不要拿她的身體抵車資呢。

她的身體就像煎得太老的牛排，乾得很。

「不要！」她搖搖頭，「我才不要去看醫生！」約莫已經好幾天沒辦法吃得安穩、睡得安穩了，所以她顯得格外虛弱。她說，恐龍無時無刻跟著她，出其不意，像那些甩也甩不掉的「肥肉」——她特別捏了捏自己的手臂說——她說，恐龍並不大，像老家那條老狗流露憨厚的神情，有一張綠色的臉、綠色的眼睛、綠色的牙齒……你沒看見嗎？她說，那淡淡的綠色的果香盈滿了房間，你沒聞見嗎？她說，恐龍很怕寂寞的，你難道不知道嗎？

誰會知道這種事呢！要不是她這麼害怕的話，誰會相信她身邊真的有「什麼」？說不定只是瞎掰而已，說不定這是她減輕內心罪惡感的一種手段——畢竟，她還帶著一個小孩啊——小女孩此刻在巨大的浴缸裡玩水，可以聽見嘩嘩嘩嘩，以及電視機嘰嘰喳喳，是卡通嗎？也許是吧，也許不是，反正進來這個摩鐵的人都是為了快樂而來的，否則誰平常會在浴室裡看電視呢？小孩的笑聲總是那麼清脆。那是小女孩的聲音沒錯吧？小女孩自顧自在那裡笑著，嘻嘻嘻嘻，嘻嘻嘻嘻……

「不對，是飢餓。」她說，連日來的飢餓想必發揮了效果，否則小恐龍也不會出現。

「可是，妳並不胖啊。」我打量著那張灰濛濛的照片，「真正的胖子是……欸，妳根本就不需要減肥嘛。」

「馬麻馬麻，小恐龍蛋蛋！小恐龍——」小女孩抓著布做的幼兒書掩住嘴，一雙大眼睛骨碌碌——真的有恐龍在那裡嗎？

「是誰叫妳跑出來的？」她迅速翻下床，圍起浴巾擋在女兒面前，疲弱的神情頓時尖銳無比。「不是叫妳乖乖待在裡面嗎？」她指著浴室，「進去！進去！」

「你剛剛不是說關緊了？」她冷冷的回過頭來看向我，又轉過去吼：「進去！我數到三喔——」

是鎖緊了啊，我剛剛明明確認過的，我說，莫非這個房間裡真的有其他的「東西」？我望著她：她的身形在鏡面天花板裡縮得異常矮小，連帶房間裡的事事物物也扭曲變形，彷彿在夢中，夢裡的我們不切實際的相遇，並且赤身裸體躺在一起……「進去進去！我說進去！」她吼著，碰一聲關上了門。

LITTL
CAT

「說不定是小恐龍撞開的啊。」我試著緩和她的情緒。

「你少在那裡假裝了！你，根本就不相信！」她恨恨的，眼神看來有些嚇人，有些像……「馬麻馬麻！小恐龍！小恐龍！」聲音在浴室裡嚷起來，「馬麻，我要出去！我想出去……」

「安靜！」她朝門上捶了一拳，「專心看妳的電視！」

「馬麻……」

「安靜！」她的嗓門極其尖銳，聲音像從一個巨大而細長的容器裡發出來，長長的脖子鼓著，像一隻憤怒的鳥。

我不由想起她剛剛提到丈夫的事。夜裡的丈夫呵著氣，混雜了剔除未淨的肉末與薄荷牙膏，使她也變成了發酵不全的飯粒……還好，她說他們習慣不開燈，所以不需要依賴視覺，「所以，我們的愛是盲目的。」她說，唯獨丈夫的小眼睛依舊亮晶晶，彷彿極力壓抑又亟欲發洩什麼，而她無從閃躲，只能保持沉默，更沉默的面對這個城市加諸在她身上的敵意。

「馬麻小恐龍……」噓。她豎起手指抵住唇，「安靜。」噓。她歪著頭，朝不遠處打量，「尿尿。」她說：「小恐龍屙尿。」準是屙尿沒錯，雖然沒見過恐龍屙尿，但那股子腥臊——她搖搖頭，大概也覺得自己說的是極為瘋狂的事吧，卻又帶有一種釋懷的笑意，「白白的，好像牛奶哩。」她不知道是說給我聽還是安慰自己，自顧自的抽出衛生紙，堆在角落裡，又把一顆枕頭也塞到角落去，「算是很有教養的一隻恐龍喔。」她說，這麼多天相處下來，恐龍也變成日常的一部分了。好幾個夜裡，丈夫在身後摸索著，而她和牠靜靜相望，竟湧起一絲絲被理解被支持的溫暖——她說，恐龍的眼睛好清澈啊，像狗，也像孩子的眼睛。你看過《侏羅紀公園》嗎？最後一幕，那隻暴龍闖入遊樂場與迅猛龍展開廝殺，雙方齜牙咧嘴，有一瞬間，那隻暴龍回過頭來直直望向螢幕，彷彿要看穿螢幕以外。

「牠也是身不由己的。牠也非常悲傷啊。」她說。

「你一定覺得我是個神經病。」她說。

我搖搖頭。

「你一定覺得很倒楣，想說為什麼會遇見我？」她說。

我搖搖頭。

「像這樣的事，除了告訴我二姊，誰也不會相信吧。」她說，如果告訴她丈夫，不被打才奇怪呢。「龍？我看妳是耳聾！」她模仿著丈夫的語調，低沉又模糊的語調令人想笑，好像生活就是一場戲，而她不知能夠演到什麼時候？她說丈夫小兒麻痺，一隻鐵腳篤篤篤篤，「好像虎克船長欸。」彷彿打開了話匣子，她喋喋不休的說著這些那些，尤其是她二姊——現在住在加護病房的二姊——稍早時，她就是從醫院裡出來，然後坐上我的車的。

「你現在心底一定在罵我。」她說。

她說話的聲音還算好聽，只是有些蒼涼，任何故事到她口中似乎都變得有些悲傷。她說二姊被打得肝臟都破裂了，隨時可能有生命危險。又說自己不知道哪天也會住進加護病房，「你們台灣男人的控制欲都好強！」她這麼說的同時，不忘回頭看看門後，恐龍應該就是躺在那個地方吧。和上車的那一刻比起來，那時候的她沉默得像塊石頭，不像現在有這麼激動，更別提車子轉上高架橋時，她突然說：「那不然，去Motel吧。」那樣令人一驚，卻又不知道該怎麼拒絕的命令語氣——那時候，恐龍也跟著她上車了嗎？

「沒有。牠只是跟在後頭而已。你沒聽見氣喘吁吁的聲音嗎？」她說，小恐龍像一道溫馴而笨重的暗影跟著她，「胖墩墩的，差點跟丟了啊！」她笑著，好像小恐龍是她的親密戰友，好像……「戰勝體脂肪！」她笑著，高高舉起手，露出平坦的乳……其實，她笑起來很好看，只是習慣性的抿著嘴，所以看起來很憂愁。

「欸，來做吧。」她說。

什麼？

「來做啊，你不是要做嗎？」她說。

什麼？

「快點，小恐龍現在剛好在睡覺，我女兒也玩得正開心，等等吵著要喝揑揑就麻煩了！」她的表情沒什麼變化，眼睫低低的，在光源底下像兩只小飛蟲，擾得我有些分心。

我究竟和她進來這裡幹麼呢？明明知道不該要，卻又忍不住，這到底是怎麼回事？「喂，來做啊。」她又開雙腿，像等待一場結束那樣，眼裡盡是嘲笑。我撇過頭去，聞著床鋪慣有的漂白劑味道，那應該是所有旅館都有的氣味——這些被單什麼的丟進大型洗衣機的那一剎，上面都沾著什麼呢——「不要現在，等一下……」我撥開她的手，突然覺得很疲倦。突然像是看見「什麼」：尖銳的青森的牙齒在眼前閃閃發光，眼睛同樣是綠色的、面孔也是……這就是她說的恐龍的形象嗎？鈍重的暗綠的尾巴拖行而過，空洞空洞，空洞空洞，我聽見她用力的拍著門，「快點出來！快點！」

此時此刻，她的女兒抱著小恐龍釉綠色的頸子，笑著、叫著。她似乎想要出手制止，卻沒有什麼力氣的倚在床邊。「好餓。」她說，約莫是減肥減過頭了，她大口大口吃著摩鐵準備的小零食。卡嗤卡嗤。卡嗤卡嗤。那聲音聽來既清脆又冷冽，像什麼被咬斷了那樣。「馬麻馬麻，小恐龍蛋蛋！小恐龍！」小女孩叫起來，抱著恐龍的手依舊沒有鬆開，反倒是她忽的上前猛然扯住小女孩的後領。「過來！妳不要靠那邊靠得那麼近！」她說，但說話的音量沒有剛剛那麼有力——「將來，她的身旁也會出現這麼一隻恐龍嗎？」我記得她是這麼說的。她其實是個很溫柔的母親吧。她其實很想為女兒做點什麼吧？壓迫性的什麼正一層一層將我推入黑暗的深淵底，是不是有什麼味道呢？不是漂白劑，也不是她的香水味，而是……該怎麼說呢？有水從浴室門不斷縫滲出來，小恐龍的尾巴透露著濕亮的光澤，尖銳的尾刺抖著抖著——也許，每個人身邊都豢養著一隻小恐龍吧，也許，到處都是恐龍，否則巷口舉著廣告看板的男人為何看起來面無表情？為什麼每個人一聽見她的口音，總會露出不懷好意的動物性的眼神？

恐龍哥。恐龍妹。恐龍法官。恐龍……恐龍恐龍恐龍恐龍恐龍恐龍恐龍恐龍恐龍恐龍恐……龍恐龍恐龍恐龍恐龍恐龍恐龍恐龍恐龍恐龍恐龍恐龍恐龍恐龍恐龍恐龍恐龍恐龍……

就在即將失去意識之前，我看見她望著小恐龍的那對眼睛，裡頭充滿了慈藹的撫摸著牠，摩娑著牠，斥喝著女兒：「誰准妳坐在牠身上的？」那一刻，她的手指不知何時生出尖銳的指甲、額頭間不知何時生出一顆顆凸起的疣粒，乃至那既尖銳又粗戛的聲音……

「嘎！嘎！嘎！」

「嘎！嘎！嘎！」

小女孩嚎啕大哭起來了，聲音回盪在偌大的房間底，一點也不符合摩鐵的歡樂氣息。

看來，她是嚇著她了。

第八張床

愛的薛西弗斯

「老實說，你什麼時候要再來我家提親？」她問。

「可是……」

「可是什麼？」她嘟起嘴，用力捏住我的鼻子，「你後悔了是不是？我先警告你喔，你敢落跑的話，你就完蛋了喔！我一定會追你追到天涯海角的，你聽到了沒有？」

她說：「反正啊，我這輩子非你不嫁！」

她又說：「你知道嗎？我有多麼愛你！愛到想殺死你！」

我感覺到陣陣熱氣自她光裸的胸脯傳送過來。空氣裡有一絲寧靜，彷彿剛下完雨的空靈，霧氣輕輕飄散，我擁抱著她，她擁抱著我，彷彿只剩下我們的心跳。

彷彿我們遺棄了世界。

但實情是，世界遺棄了我們。

那天，在她家就知道了。那天，一踏進那個位在南部的古厝，一見到她母親，就知道老天爺真愛開玩笑。

怎麼會這麼巧？怎麼會是當年曾經相愛的那個她？

怎麼變成我未來的丈母娘？

「請坐。」她說。

「請喝茶。」她又說。

「這是我丈夫。」她的口氣仍然顯得那麼冷靜。

她的聲音……這些年來，她過得好嗎？

她難道對於我們的過往，沒有半分留戀？

但她似乎還沒察覺我就是她從前心愛的人——也許是我改變得太厲害了吧，誰知道呢？畢竟二十年就這麼過去了，要是當年有個孩子，而今也上大學了，如何可能凍齡？然而，她卻還是那個她：大眼、薄唇、瓷細的鼻子與皮膚……幾乎像最後那個晚上所有的美好，一切未嘗改變的，一切在心底埋藏了那麼久，像冷凍胚胎，但此時此刻它們突然抽長了手腳，拚了命的想要跳出來，說：「我好想好想好想妳……」

我真的好想好想好想她。

「好……好久不見。」一開口，我就後悔了。久別重逢的場景在無數個夜晚裡排演，不應該是用句號當開場的，也不應該是問號，而是沉默，沉默的慎重以及輕柔的一握。

二十年啊。二十年彷彿一彈指，當年的人事早已雲散——但真的釋懷了嗎？當年因為父母的撮合，她被迫嫁給有錢人，而我只能在外島端著槍，暗自神傷……那一波又一波的海潮聲又來到耳邊，致命的召喚著我：「來吧，跳吧，跳了一切就好了……」

所幸，有人拉住了我。

所幸，她拉住了我。信上的她的字小小的、怯怯的，像個認錯的孩子，然而從台灣寄出到外島，已經是幾個禮拜之後的事，就算抱歉，也已經是過去式了。

「你好。」她大概也瞧出端倪來了吧。手指緊緊嵌著丈夫的掌心，語氣明顯聽得出顫抖。

「妳好。」

鸚鵡似的對話——她真的好嗎？

我緊握雙拳，感到一陣滄海難為水的苦澀。

「哇！你心跳得好快！」她的側臉依靠著我的胸口，浴帽粗糙的邊緣使人感到微微的刺痛。

「真的跳得很快耶！」她說：「你還好嗎？早上有吃降血壓劑？」

我沒有說話。

「怎麼了？還在想那件事？」

「你不要管我爸了，他本來就是個老番癲……」她嘆口氣。

「那你打算再怎麼跟他說？」她的臉龐逐漸靠近。

一滴碩大的水珠突然掉進浴缸底，彷彿要擊碎滿室幽暗的空氣，水聲盪開，從前的夜晚湧起陣陣漣漪，那些外島的街道，暗淡的月光……我想起每個夜晚她總是說：「你在哪裡？抱著我！」半夢半醒的嘀咕：「真怕明天醒來，你會不見！」還有耍賴的說：「你會一輩子愛我嗎？你要一輩子愛我唷！」那時候，床舖總有月光滑落，我們的小腿與小腿糾纏，像不安分的夢。

夢結束了嗎？為什麼她又會再次出現？我不知道為什麼這麼心痛，這麼多年過去了，早以為心無波瀾，未料「被壓抑的，總是要再回來」——總會想，那個賒欠的道歉是否該被償還？

她難道沒有一絲絲話想對我說嗎？

我又為什麼非得這麼執著不可？

「我不答應！」未來的岳父——當年橫刀奪愛的男人說。

「為什麼？」我問。

「因為你只小我一歲，年紀和我女兒相差太多！」

「可是年齡不是問題。」

「你比我女兒矮！」男人吼著。

「可是我是真心愛著妳女兒的。」

「你讓我感覺『很怪』！」

「才不會！我很乖，沒有不良嗜好！」

「不要再說了！」男人叫起來：「我不希望大家的關係再這樣糾纏下去！說什麼我也不會把女兒嫁給你的！」

就因為我這個月忘了染髮嗎？我看看鏡中的自己，是不是已經老到足以成為別人的父親？

老到，就算她即將成為我的丈母娘也顯得突兀？

「那你打算怎麼辦？」她問。

「用誠心感動妳爸爸吧。」

「如果這也行不通呢？」她皺起眉頭。

「那我們兩個殉情好了！」我笑著，笑著笑著眼角泛起了淚光，這陣子眼睛總是沒來由的痠澀──是因為真的老了嗎？

「少臭美了啦你！」水花濺起來，飛到臉上盡是寒涼。

現在終於瞭解：為什麼那麼多男男女女，非得為了愛情一起走上自殺一途了。

因為幸福──幸福是最最粉紅色的全部占有啊。

所以說，該怎麼做才好呢？直接對著從前的自己大喊一聲？還是直接對她說「如果我沒有痛過妳的痛，思慮過妳的思慮，我就不配說出我愛你」？

也許，這一切，說不定就是我一廂情願的想法罷了。我這麼悲傷的思索著。

「你這樣一直往前衝，究竟為了什麼？」

「還不就是為了證明我有資格愛妳！」

「可是，來不及了。」

「真的來不及了嗎？」

「來不及來不及來不及——」

我驚醒過來，但她已經逸出了夢境，儘管她的身影與聲音還是如此清晰。

我坐在沙發上，看望這個再熟悉不過的家——長久以來，始終拚命想抓住什麼，卻不斷摔落，然後再不斷的往上爬，摔落……

然而，薛西弗斯（Sisyphus）的石頭早就移除了，不是嗎？

或者，有沒有一個可能，神其實是為了懲罰石頭，才創造了薛西弗斯這個角色？

我不由得笑了，彷彿這些年來的努力都是一場徒勞。

如何能夠挽回那一年、那一刻失去的愛？

我想起有一個下午，從校園上完課離開，坐在公車站牌前的椅子上，看著人來人往：那些不斷經過的不同臉龐，那些青春洋溢、再也無法企及的神采飛揚——我心底突然湧起了一陣剝落的傷痛。

說不定，神真的是為了懲罰石頭啊。而我只能拚了命的衝刺，深怕石頭再次落

下，深怕錯過那樣的時機便不再回來！

這一切只是自欺欺人罷了。根本就無法忘記她。每天早上醒來，坐在床沿思索一種溫柔；每天晚上睡前，思念是一種習慣——為什麼忘掉一個人這麼難？為什麼我不能讓自己好過些？為什麼我離不開那顆石頭——縱使那塊石頭受罰好了，但為什麼我也要跟著受苦呢？

也就是這時候，一個熟悉而甜美的聲音自身後傳來，說：「喂。」

「在想什麼？」是她的聲音嗎？

「我覺得好寂寞好寂寞好寂寞……」我哽咽著。

「你還愛我嗎？」

我沒有說話——不知道該怎麼說話——「為什麼薛西弗斯不離開那塊石頭就好了呢？」

「也許離開了，他就不知道要思念什麼了。」

是嗎？我回過頭去，目睹她裸裎的身體閃閃發光，玉似的瓷細光線使得她宛若一尊雕像，宛若暗澹的空間都孵生了溫暖。她的手臂高高舉起，挽髮的動作輕柔無比，胸前的白晰在水波中更顯白晰，帶有線條的小腹有著柔軟的光澤，腹部底下的私密神祕而凌亂。

我似乎看見她眼底有著深邃的什麼。

「你還愛我嗎？」

我似乎聽見那樣絕望又溫柔的聲音。

我看著她──從肩胛到背脊，從臀溝至頸下暗暗凹塞而入的肩窩，從隆起的額頭而鼻樑而唇角而頷下──

「說妳愛我！」

「愛我！」

昏暗底，她的身體與另一個身影時而重疊、時而分離，妖幻的錯覺在我眼前形成巨大的深淵。

我想起最後一次的擁抱：那是準備前往外島當兵的前一個夜晚。

在燈光完全滅去的浴室底，我和她安靜的裸裎相對。我輕吻她的脖子，她緩緩撫摸我的胸口；我為她搓揉頭髮，她為我來回擦背；她的腳趾甲有著水藻般的氣味，我的下巴盡是刮鬍泡……

「妳……」

「會等我回來嗎？」

突然跌落的水珠引起滿室巨大的回響，我看見漣漪漾開的姿態，一圈一圈，一圈一圈，像要把什麼都吸入其中的迴旋，無止無盡，不知所終。

最終，我們什麼也沒做，只是凝視著對方的身體。

發光的身體。

在微亮的月光中，我們擁抱，我們訴說，我們貪戀著青春的一切——如果妳的胸部再豐滿一點，如果你的臂膀再粗壯一些；如果妳的臀部再圓潤許多，如果你的腹肌再結實有力……我們小心翼翼撫摸著彼此的每一寸肌膚，說出那些心底最深的感受——明明在課堂上說得那樣灑脫，為什麼最終還是無法放下？

「恨是一枝箭，最後會射向自己。」是啊，那麼這一刻，我內心究竟是愛或恨？

「啊？」

我下意識摟緊了她的臂膀：富有彈性的，一如當年的戀人——「怎麼了？」她仰起頭。

「沒什麼。」我抖了抖身體，回過神來。所有的幻影全都消失了。只有眼前二十歲的女孩睜著大眼，一如她當年嬌羞的神情。

「在想什麼？」她說：「你今天看起來怎麼失魂落魄的？」

「我……」

我不知道該怎麼回答。望著那些自路的盡頭迴旋而來的車燈：一輛接著一輛的車頭無聲無息的過彎，強光占領路面，綿延數里。我背過身，把自己的臉深深埋在她的頸窩，緊緊的、緊緊的擁抱著她。

「沒事的沒事的，」我說：「明天我再去妳家提親。」

「你說的喔！」她很開心的吻了吻我的額頭，「不可以騙我喔，這次是真的喔。」

這時候，一輛藍色跑車轉過澡堂前的平台彎口，強光驟射，揭露出兩枚人影：頭髮花白略顯發福的男人，以及高挑年輕的女子——影子隨著刺眼的光痕在澡堂的木板牆上躁動不安，黑闇中，顯得格外神祕。

於是我回過頭去，望見浴缸裡似乎倒映著什麼——水已經涼了，一層米白色的不知是皮膚屑還是什麼浮盪著——我又仔細一看，原來是牆上燃燒的燭台，橘紅的光照投到水底，彷彿是從前那只幽冥的火，燒著痛著，彷彿怎麼解也解不開的嗔或癡。

是啊，感情真是一件奇怪的事啊。我想。

我親吻著她，捧起她的臉，卻發覺自己眼角不斷湧出淚來，怎麼也停不了的。怎麼也停不了的石頭與薛西弗斯，他們還在哪裡戰鬥著。

他們還在那裡——

第九張床

很抱歉，您還積欠……

漸漸漸漸，那棟公寓的深色影子移動到她的鼻尖前，像一頭笨重的生靈壓住馬路。她仰起臉，很有耐心的數算著頂樓垂掛的小花蔓澤蘭：一叢、二叢、三叢——猛然站起身來踢了踢眼前的碎石子：怎麼那麼久？

等到額頭同樣爬上黑色的影子，她終究按捺不住，喀喀往玄關闖，不意撞見男子正牽著一個女孩迎面而來——條紋襯衫一反常態的沒有紮到褲腰內——她上前問：「先生先生，您究竟打算拖到什麼時候呢？再怎麼說，您還積欠楊小姐三年多的感情啊！」

「三年零四個月，粗估一千一百八十五天。」她冷靜計算道：「這可不是小數目唷。」

男人非常火大，「怎麼又是妳？」

「我早就跟妳說過，我不認識楊小姐——不認識！」

「警衛！警衛！」

男人喊起來，不若上次的手足無措，一面拉拉塞進臀縫的內褲，一面安慰身旁狐疑又吃驚的女伴，「別理這個神經病！」

她淺淺一笑，像是憶起一樁既心酸又親愛的浪漫，多少年來無法被理解就是無法被理解，於是她自公事包裡拿出數十張照片，揚起手，啪啪啪啪紛飛至男人與女孩身上，激起一陣尖叫。

「我還會再來。」她說。

「你最好記得。」她說。

「神經病是你。」她說。

週而復始的感情事件：甜蜜、爭吵、冷漠；永遠不會停止的欲望：猜忌、盤算、占有——如果感情足以用數字度量，那麼，究竟誰愛如潮水、誰的愛像小氣鬼？如果感情可以用時間度量，那麼，黑夜白天有多長、分分合合需要幾分幾秒？她默唸著這一季行銷部門的廣告傳單文案：

「不如，讓我們幫您討回感情債吧！」

感情討債公司，為您合法追討平白失去的愛與時光。

她吁口氣，將男人的檔案夾收進資料櫃裡，瞥見窗外雲層迫近，偌大的橢圓形招牌倒映於大樓玻璃之上，如懸浮之眼，怔怔凝視她今日格外無神的表情，怔怔與她一同憶及楊小姐的哭訴：「無彩青春啊！多少年來——」她已經聆聽過太多類似的抱怨，哪個當事人不是淚眼婆娑、慎重委託，以消心頭之恨，以弭感情之傷害？

但，這些都是感情的最低層次。她職業性的設想，前幾天，公司放寬感情的定義，連帶業務範圍擴展至「追討歷史情感」——舉凡二二八事件、白色恐怖、美麗島大審判，當事人皆可以提出事證而透過他們催討感情——往往登門拜訪，還未開口，債務人便嚷起來：「政治迫害！這是政治迫害啊！」或者自顧自的嚷嚷：「我曾經救過他們！我是無辜的！」更多時候，對方開始長篇大論，細節如琉璃萬花筒之華麗、如雨季泥濘之黏稠，完全與委託者的指證大相逕庭！

「妳聽著，當妳離開這裡之後，妳就會忘記妳曾經來找過我。」她想起幾日前，一名佝僂老人對她這麼說——六十餘年前事件當時，老人面對女子前來懇託挽救被捕的丈夫時，同樣這麼說著——而今，「我記得……」全然變成薄脆的字句，話一出口就碎裂零散，筆劃紛紛落到他們的頭上，宛如沐浴在倉頡造字的雨粟之中，宛如記憶也生出尖銳的蹄，叱吒噴氣，塵沙奔騰。

她將另一檔案扔到桌上，意興闌姍的姿態就連自己也感到詫異。

「怎麼了?Amy姊，」調查部的小張端了一杯咖啡走過來，「還好嗎？」

還好。上班以來，她從未感到這般疲憊，腹肚的悶脹感使她揣度著，「終於來啦，那個？」

「妳不喝咖啡，那要不要幫妳倒杯水？」深目高鼻的小張，笑起來總是浮現淺淺的酒窩，西式情調中帶有那麼點可愛風。

他其實是個很漂亮的小男生哩。她想。

「明天的案子看起來很棘手啊？」小張猶豫的頓了頓，「要不要，晚上一起吃個飯？」

小張笑著，年輕的牙齒有年輕的光澤，一看即知的青春無敵——二十三歲——什麼時候起，他變得這麼世故、這麼大膽？她想：他究竟在盤算什麼？為何找上她？她不置可否的打量著眼前這個繫了鼠灰色領帶的男孩：這是他一貫挑逗的方式嗎？他難道不知道她已經三十八歲已經有一個交往五年的男友已經倦了再禁不起一次又一次的情感衝撞？

她覺得好疲倦好疲倦啊。

然而，望著小張離去的背影，她的心頭不免一陣惆悵，諸多畫面於腦海中流轉遞嬗，兩頰遂發紅發燙——似乎感情出現了長長罅隙，而她直到此刻才聽見其中發出低低的哀怨——她想起她的藝術家情人：二人坐著坐著天荒地老，往日熱情都化作了滑動的手勢：看啊，臉書最新動態；看啊，最新一關的神魔之塔我又破了；看啊——

至此，藝術家情人反駁：「感情要心有靈犀一點通，又何需言語交流？」又說：「也不想想妳那是什麼工作，感情也能夠討債似的追討嗎？那要不要先調查我，欠了妳什麼沒有？」

「當初就勸妳不要去做這個工作啊，」藝術家情人說：「戀愛嘛，其實就是重新愛上自己的一件事啊。」

他繼續沉思著那幅永遠畫不完的油畫，一筆又一筆，反覆塗抹顏色。她想起假日時分，她站在他的身旁充當助手，看他為一對情侶作畫：大眼睛的兩個男孩手牽著手相視而笑，笑得旁人頻頻側目。不遠處，高聳如弓的情人橋擠滿了人，渡輪在底下來來去去，河面於是開出一朵又一朵的浪花，惹得人們頻頻尖叫。她也尖叫，感覺到海風獵獵的快感。也是這時候，她的藝術家情人斥責起來：「黑色呢？黑色不透明顏料跑去哪？喂！妳在看哪裡啊？」一時間，她懷念起那個遙遠的午后：他們坐在河堤邊，聆聽潮夕一起一伏、榕葉嘩嘩嘩嘩，她閉起眼，任由風於髮窠間唱歌，完全放鬆的週末時光，下一刻發現手被緊緊握住，也就是永遠的握住了。

「讓我們像觀音山那樣相愛。」

她笑起來，好老派的句子，卻還是親愛。眼前這個足以作她父親的男人像個孩子，一派天真。哪裡知道，她很快就洞察出他的刻意與空洞。等到瀕臨分手的那一刻，他哭喪著臉說：「妳不是說，我就是妳的原型嗎？妳怎麼能夠——」

「所以說，後來就繼續在一起了？」

狹小的房間裡，老人背著手望向窗外，久久不發一語。唯獨她在紙上這麼寫著：「我之所以和她在一起，並不是因為是恩情或激情，純粹是她是個女人……說真的，我也是受害者啊，那時候我也很害怕，車站那邊一直有機槍噠噠噠，好多外省人被殺啊……說真的，我不是不願意幫她，而是無法幫她……」

她空了一行，幫老人這麼寫著：「如果時間能夠重來，也許我會想辦法，讓她和丈夫見最後一面。」

她感到空氣窒悶，昏昏欲睡。向來，她對歷史就不在行，更遑論老人濃重之口音，令她產生微微的錯覺，會不會她其實正在傾聽一堂說也說不清楚的歷史課？她強忍著腹部盤據的疼痛感，繼續在紙上寫著，沒想到都寫成了「痛痛痛痛」、「痛痛痛痛」。

真是後悔沒聽小張的建議。「歷史情感」處理起來果然特別麻煩，公司的規範半點用也沒有，例如嚴禁流露情感、嚴謹調查數據、盡力達成委託人的願望等。面對一個已然陷入囈語般的老傢伙，如何從他口中聽見誠懇的道歉？如何讓他保持冷靜，心甘情願的承認：對，過去我始終活在別人的規則裡？

對，我錯了。

這是多麼困難的一件事！畢竟時間終究成為最好的防衛，記憶就是謊言的搖籃。過多的贗品混淆了真實的價值。此時此刻，她多麼想拋下這些小心翼翼，一如平常，走到債務人面前抖落一整排證據：照片、影像、聲音——甚至一個過肩摔、一拳一腳——受她母親的影響，她堅信：感情從來就經不起放縱，信賴往往成全了外遇的藉口，也因此，她的憤怒經常讓人誤會：她是受害的當事人，那個負心漢活該吶。

那個負心漢……她不由想起剛進公司時，母親知道工作內容後，擔憂著，「什麼啊，討債——這好危險啊，妳一個女孩子這麼瘦小，這樣好嗎？」

那一刻，她意識到，她母親真的老了。長久以來，她母親一直將她當作男孩來教養：為她報名跆拳道課程、希望她參加田徑隊，甚至，直到高中畢業前，她的髮型都是俐落的小男生頭，每每吸引同校女孩的追求。據此，她曾經問起母親，為何她的名字裡有一個「勇」字？為何她自小就被督促著更接近於男性、更需要變強？為何母親總是叨唸：「當初助產婆說，妳明明是個男的啊……」

那一刻，她母親拔高音調說：「對厚，那是不是可以向妳爸討債，是不是？」

她無奈的往後仰，似乎早就預知情況會變成這類了無新意的提問。幾十年的夫妻感情，怎麼最後只剩下怨懟？她記得那個下午，她和她父親並肩走在公園裡，彼此無言，走著走著，她赫然發現父親原本瘦小的身形更加瘦小，拖曳於後的影子竟生出了一條長長的尾巴。她靜靜目睹這一變化，突然明白，一切不需要再追問、也

不需要再追討什麼——一切不可能再好、也不可能再壞了！於是，她將心中那個困惑再度埋藏於深邃無邊的夢中，緊緊握住父親的手，什麼也沒說。

「當妳離開這裡之後，妳就會忘記妳曾經來找過我。」她起身向老人告別時，老人照例對她這麼說。似乎時光對他們而言，變成一件僵硬的襯衫或一場行禮如儀的舉止，總會顯露出他們隱藏不住的反射動作，儘管她很想告訴老人：「我還會再來。」但腹部的悶脹令她虛弱無力，她只輕輕說了聲：「謝謝。」迅速離開那座又陰暗又狹小宛如監獄的矮房。

「如果時間能夠重來，我一定會想辦法的……」她一面走，一面扶著腰，耳邊營營不去的聲響如蛇之纏繞，使她一度想放棄前往為楊小姐追討感情債——她氣惱起她的藝術家情人，說好了不要小孩，卻每每不戴保險套——她思索著，他們現在這樣不冷不熱的關係，難道不等同分手？如果是這樣，她在感情上是否對他有所欠缺呢？他呢？日後他會向她索求：「平白」失去的愛與時光嗎？

極為勉強的，她終於來到那棟攀有小花蔓澤蘭的公寓前。她清楚，男人將於六點半下班返家，將身穿條紋襯衫——也許今晚將帶女孩回來——但那並不重要，重要的是他積欠楊小姐的三年感情債啊。

「先生先生，」她說：「我說過了，我還會再來，你今天打算怎麼辦？」

「怎麼又是妳？」

「怎麼——」

一切來得又急又快，她猛然頹倒在地，抱腹，痛苦的感到大腿一陣濕涼，緩緩的、緩緩的有血流到她的腳踝邊，不知是從哪裡流出來的，帶點暗紅帶點腥刺……

「喂！」

「喂？」

她聽見有誰在那裡喊著，而她的腹部一陣一陣被什麼撞著。她痛到發不出聲來，卻還是機械而平板的說著：「很抱歉，您還積欠……您還積欠……」

她想，下次一定要記得——記得答應和小張共進晚餐。

記得——

第十張床

用一個故事來換

這天早晨醒來，我突然發覺身旁的每個人都患了重感冒。

「怎麼辦？」我手忙腳亂打電話，「所有人都在咳嗽！只有我一個人沒有發燒、流鼻涕！怎麼會這樣？」

「別慌！」我的家庭醫師安慰道：「慢慢說，他們都是什麼症狀？」

「感冒啊！就是普通的感冒——頭暈腦脹、眼袋浮腫、四肢無力——在床上翻來覆去，口中念念有詞說什麼生不如死……」

「就這樣？還有沒有其他情況？」

「有啊，像是「『我頭痛想吃榴槤』、『我肚子痛想讀聖經』、『我上大號想看馬克思』！」

「這麼嚴重？」

「可是他們都覺得很輕鬆！」

「那他們每天的作息呢？」

「除了加班，每天都很晚歸，偶爾脖子還會出現像是被蚊子叮到的暗紅色；手機螢幕突然變得一片黯淡，晚上睡前需要玩具陪伴；早上刷牙的動作比電聯車還慢，咬下『美而美』突然覺得生活好難……」

「還有嗎？」

「還有小B這陣子天天便祕，乖乖女秀芬愛上止痛劑，老王上禮拜報名『我要活下去』……我上司更瞎，要我們每個人在電腦加裝『生存遊戲』！」

「什麼玩意？」我的家庭醫師愣了幾秒鐘。

「生存遊戲——就是那種把你丟到荒山野外，測試你會不會失敗……」

「可是現在不都流行『古墓奇兵』？」

「醫生！」我抗議，希望他專心點。

「好，那我再問你，他們最近都看什麼書？」

我愣住，這和感冒有什麼關係？

「《哈利波特》還算好的，乖乖女秀芬開始背頌波特萊爾的《惡之華》，老王突然覺得花媽是他的性感女神，小B則是奇怪市面上為什麼找不到《膽固醇男孩》？」

「哦，聽說那是《蛋白質女孩》作者最近比較沒有靈感……」

「醫生！」我又嚷：「你今天的邏輯好奇怪！好像張雨生的『大海』，想要說些什麼，卻又不知該從何說起……」

「好啦好啦，我全部都知道啦！」

「知道什麼？」

「其實，這只是……只是……」他頓了頓，「老實說，你這陣子都沒有女朋友對不對？」

該不會是撥錯電話號碼了吧？他不是我的家庭醫師嗎？

「你錯了！感冒通常經由口沫傳染，愛情是開啟暈眩最佳的管道！」

「什麼？」我從小就對健康教育沒什麼興趣。

「你扯去哪裡？我問你，你知不知道你的朋友都是怎麼感冒的？」

「我連他們有沒有穿衣服都不太清楚……」

「這就對了！感冒就好像愛情，起初你幻想她的身高一六〇、長相蔡依林；你以為她有雞排妹的軟Q和陶晶瑩的IQ；你還以為她的舌頭像芒果冰、她的眼睛像北極星，你甚至認定她的身材好比女帝、她的笑容讓人僵斃……」我的家庭醫師不讓我有發言的機會，「你堅持不肯相信自己就這麼被俘擄了——首先是喉嚨微微發癢，有好多好多的話不知該從何說起。然後你開始打噴嚏，以為是她與你心有靈犀！接下來，你感到頭有些頭暈，兩個人大腿貼著大腿忠孝東路走九遍……最後一刻，電影院散場你看見她靠在一名男人身上，你全身發冷、手腳抖個不停！」

「所以說，」我的家庭醫師喘口氣，「大部分的時候，感冒不只是感冒，愛情裡的幸福同樣也不一定看得清楚！」

「那我該怎麼辦？」

「很簡單，我開一帖特效藥給你。」

我有些懷疑。

「『用一個故事來換』。」

「什麼？」

「用，一，個，故，事，來，換。」我的家庭醫師一個字接著一個字說：「愛情的存在與語言的展示，兩者無時無刻莫不相關——『我愛妳』，不僅僅是『我愛妳』，更多時候其實是一句催眠劑！」

「因此，你必須先找到幾個人，請他們說出關於愛情的故事，然後，你必須歸納出這些故事的共通性，找到它們在愛情裡的不變道理……」

「然後呢？」

「聆聽這些愛情故事的任何細節！」我的家庭醫師說：「程序如下：午后微風輕搖小扇！三餐飯後不宜激動！超過卅八度記得沖冷水澡……最後，必要的時候，你必須親自體驗！」

「那我要找男的還是女的？年齡有沒有限制？」我被他弄糊塗了。

「難道你沒有談過戀愛？」我的家庭醫師再一次踩到我的「痛處」，「『天天都說我愛妳，可是天天都不相信我愛妳。』——關於愛情的脆弱與堅強、冷漠與熱情、殘忍與慈悲，這些，都是無法建立在二分法上的，而且不分年齡大小！」

金黃色的陽光滑下來，電話筒還留有人體的溫度。我坐在沙發裡，開始覺得頭暈，像是感冒的前兆。

第一個故事：下午二點十分，我要我們在一起

他們重逢在一場慈善晚會上，主持人高喊著：「有沒有？一百四十四萬？——哎啊，一百四十四萬不好聽啦，二百萬，二百萬好不好？那位先生？」

他的目光輕輕觸到她的，千軍萬馬的感受貫徹心扉。

怎麼會這麼巧？他想，怎麼說遇到便遇到？天底下巧合的事情少之又少，只有新聞才有可能做到百分之百，那麼他們現在的交會算是巧合還是新聞？（政務官和他的情婦？偷拍關燈版？偶像小生的私生子？）

他不由得笑了，不過是場慈善晚會，更何況還是青梅竹馬的舊識呢。他穿過杯觥交錯的人影，定定朝她走去。

她正和一名珠光寶氣的老婦說話。那麼久不見，依舊一副明晰光潔的模樣，他又再一次驚動，彷彿十七歲那年，第一次看見她的身體，湧起想用自己生命最美好的一切，留住那一幕悸動……

但他終究沒能完成。

年輕的時候，總是到後來才發現愛情的顏色上得太淡，一回頭竟也千山萬水。

「欸，好久不見。」他說。

「你也在這裡？」她淺淺一笑，聽不出情緒變化，「最近過得如何？」

最近……最近，他們都快樂嗎？

他突然想起許久以前，大抵是學校放寒假的時候，他們相約在城市最南端的一座國小見面。他遠遠看見她一件黑色V字領毛衣、長裙，修長的雙腿在裙下安靜交疊，白色的球鞋是那其上一點閃亮。陽光灑落，她的肩頸彷彿鍍了一層金，是完全不可觸碰的那種莊嚴。

他走到她面前，約莫是對於突如其來的光線不太適應，她瞇起眼來對他說，原本打算進去學校看一看的呢，誰知道今天是禮拜日……言下之意，他來得遲了。

那時候，他的臂膀還算粗壯，一顆心怦怦跳——那時候，這島上騎機車還不需要戴安全帽——無論如何，年歲經過多遠、日子如何斑駁，他依舊記得那一天的那一刻，她是第一個令他自卑的女孩：再怎麼說她可是他們那個學校的風雲人物，而他只是一名沉默的觀眾。

那天，他們去看了一部愛情文藝片，湯姆克魯斯主演的《征服情海》。電影散場時，他站在女廁外頭等她，不意瞥見她正對著鏡子抬手，黑色的毛衣底下露出黑色的內衣肩帶……

「欸，真的是好久不見！」她說：「這幾年都在做什麼？」

他望著她，突然有種日久年深、在密室裡閱讀一封封發黃的信件，繼而想起那些生命中許許多多錯失的驚動：第一個女友留著長髮，和她接吻的時候總覺得下一秒就會被甩；第二個女孩皮膚很白，走起路來卻像國王企鵝一跩一跩；第三個女友家裡賣海苔，臉色始終很菜……第四個女孩一開口總是說：「我爸爸說……」，第五個女孩笑起來「ㄏㄡㄏㄡㄏㄡ」，第六個女孩……

似乎在他身上，生命總滑稽出場，原本打算盡力扮演好一名紳士，可是「砰」一聲跌個狗吃屎——如果這輩子那些驚心動魄的場景能夠重來，他會做出什麼不同於以往的決定？

他記起來，他們騎車繞過整個城市時，在她家門口，沒來由的，她突然對他說：「我要我們在一起。」

他一顆心又是一陣怦怦亂跳，彷彿莫名奇妙對中一張統一發票，起初以為看走了眼，再仔細一瞧，她的表情、她肅穆的眼，他想，這輩子他都不會忘記那一幕的……

而現在，他抬起頭來看著她。在通過她之後的那一面落地鏡裡，他們的頭髮竟如斯雪白，傴僂的背影彷彿折彎的枝椏，再也不是女廁裡發散的明亮、他偷窺的欲望……

他想，他們真的老了，再也無法在一起了。

（他們真的老了？）

（他們，真的老了。）

第二個故事：太傻太天真的流星雨（關於一對戀人的）

女孩說：「真希望這輩子可以讓我看見，真正的一整個天空的流星雨。」

男孩沒有搭腔，草地上的露水晶晶亮亮，一對老夫妻從旁走過，男人說：「霧都起了。」女人回答：「是啊，就快下雨了。」

氣象主播依舊露出一貫燦爛的笑容，說是今日萬里晴空，是觀星的好天氣。

好天氣也必須搭配一點好心情，更遠一點的畫面望過去，一群年輕人聚集在眺望台，海面上恍恍惚惚的漁火像一只只眼睛，再過去，是金山與陽明山，看不見月亮，就是星子也很見少了，只有一種想像，想像中的流星、愛以及願望。

男孩說：「火快熄了。」

女孩坐得更近一些。

他們的身後矗立著一把被遺棄的烤肉火把，熠熠的光照如墜入人間的星子，霧從海面輕輕托起沖天炮炸響天際的喧鬧。

不應該是這樣的啊。應該更浪漫才是的嘛。

男孩的指尖悄悄溜到女孩肩上。沉默中，女孩虎的衝進黑闇裡大叫：「喂！不要再放鞭炮了好不好?吵死人了！」

頓時一片寂靜。一片寂靜。每個人都聽見了自己的心跳，那是許久以來不曾面對的肅然。

這時候，男孩手裡兀自揣著一條幸運帶，卻猶豫著一個動詞的使用。

「我愛你。」女孩說。

空氣裡，飄浮著寧靜的氣味。

他們彼此低聲交談：

「聽說東海宿舍就好像山頂洞人那樣啊，在牆上挖一個洞耶。」

「考上……世新和文化，都不是很好的學校，不過最醜的泥濘搞不好會生出最美的花朵。」

「聽說妳後來得獎了是不是？」

「像你這種感情線，你煩惱一定很多唷？」

「也許，總有一天，也許三十歲的時候，我們都會變得和現在不一樣。」

「我愛你。」女孩說。

男孩不知在想什麼，遲遲沒有回應。

年輕啊，真的太傻太傻，也太天真了。

一輩子沒見過滑翔翼，一輩子不知道生活在小漁村的滋味，一輩子第一次迎接晨曦醒來……男孩還是沒有勇氣說出那個動詞，他為自己的怯懦感到憤怒。

「真希望，」女孩說：「我們可以對著滿天的流星雨許願。」

眼前漫起一片大霧，一對老夫妻緩緩走過，草地上的露水迷迷濛濛。

「欸，我們明天要期末考耶！」男孩看著女孩，突然這麼說（敘述直轉急下的）：

「如果，不分手的話，以後別叫我早起！」

從哪裡湧動著，細細細細，細細細細細的哭聲。

第三個故事：□□□□，如果真值得歌頌

最後，連Sally都出現了。

這麼多年下來，她依舊沒變，還是套頭緊身背心、黑皮褲、黑色長筒靴——一身的黑！但腕上卻是亮晶晶——晶亮的是我的淚！她居然還戴著當年我送她的金屬飾品（那一陣子流行的日本手工藝品風），用螢光魚線串著一個珠子、一個銀飾的，每五個銀藍水晶點綴著一個英文字母……

儘管，她最終還是沒有給我任何一句承諾就轉身離去，儘管她始終訕笑的說：再這樣下去，也只是你傷得最重。

可是，墜入愛情的時候，能說誰傷害誰嗎？失去理智、失去沉默、失去所有堅持的一切，不斷催眠自己去耽溺、去陷落、去沉醉——真正流光迷離的狀態，並非誰需要誰不可，而是你無法阻擋心中對於愛的想望！

所以說，故事該從哪個音調，哪個符號開始呢？

會場上，僵硬是有的，偶爾的肅穆也經常發生，同學會嘛，那麼多年沒見了，大家總難免有些認生。

「啊，好久不見，你是……我是……」

「七十二號！當年最常尿褲子的不就是你嗎？」

「那個小不點？」

「啊啊啊？」

「啊啊啊啊？」

「啊！」

汽車廣告不是說過了嗎？「今天的同學會，我最美！」美麗的女人和瀟灑的男人（或者，魚尾紋的女人和啤酒肚的男人……），在摩肩擦踵的人影晃動間，歲月終究改變了什麼？

我安靜的站在角落，默默回憶那些屬於五年九班的情節：第一道蟬鳴響起，所有青澀的戀情都將接近尾聲；第二次鐘聲敲響，王子麵還拎在手上捨不得放；第三個餐盤結束之後，紅紅的嘴角沾著番茄醬：營養午餐的義大利麵真是好吃！第四次打賭說：黃美美今天一定又穿花內褲，第六次……第七次……

這時候，Sally突然朝我這邊走過來。她淺淺笑著說：「嘿，今天播放的是你最愛的『天上人間』，你喜歡嗎？」

此刻，她的笑容比任何一首Live都還要好聽。

「老實說，當初為什麼要不聲不響的離開我呢？」我問，鍥而不捨的執念總像海底的鐵達尼號，你永遠不知道它什麼時候會被拖上岸？

「是為了寂寞嗎？」我忍不住脫口而出。

Sally回過頭去逕自哭了起來。我嚇壞了，輕聲安慰她：別哭、別哭啊——關於女人的眼淚，長久以來，對我仍是一種陌生而困難的考驗啊——我始終笨拙於該如何去安慰一名哭泣中的女人。

「別哭了。」不知從哪裡冒出來的，一名男人走過來，拍了拍Sally的肩膀說。

似乎是過去曾經放話追求Sally的傢伙！

我氣得大叫：放開她！

「沒有人懂得我的哀愁，我對他的愛。」Sally往後退開一步，「為什麼天底下的愛情都必然依循同一個方式？為什麼就不能暫停下來？比如說，會不會我真的很愛很愛這個人，卻因為將來可能的變質，選擇保留那最美好的一刻？」

（所以說，這是離開的唯一理由嗎？）

欸，得了吧！人都死了，妳還在這兒假惺惺——況且，妳這麼文藝腔幹嘛？這裡又不是拍片現場，妳哭哭啼啼的做戲給誰看？

男人吐出一口長長的菸：「人死都死了，還有什麼好說的……」

我掄起拳頭，奮力朝他臉上摜去，卻發覺拳頭居然穿越了他的臉、他口腔裡的一片濕濡！

我大吃一驚，再次掄起拳頭，往他的腹肚狠狠揮去，卻看見拳頭透著白色的光，從指節而手腕而手臂，逐漸由厚實轉為單薄與透明——我的雙腳驟然騰空，越飛越高、越飛越高……然後我看見自己的照片高高懸掛於花海之中，所有人都穿著黑衣，所有的音樂也都如斯哀傷！

「好啦好啦，別哭了啦！算我說錯話了嘛！唉喲，妳看妳，不好看嘛！」男人說：「乖，我們待會去圓山飯店喝下午茶，好不好啊？」

然後，我聽見那尖尖細細、仿若漫不經心的嗓音，「天上人間，如果真值得歌頌、如果真值得歌頌……」然後，我意識到這是一場屬於我的告別式，我是死去而不被人們注視的鬼魂。

我發現我的胸前開出了一朵白色的花。

「然後呢？」我的家庭醫師在電話那頭問：「接下來怎麼樣了？」

「接下來？」我說：「故事到這裡就結束了。」

「那你的感冒呢？」

「時好時壞！我的頭好像變得更暈，對於愛情的看法也更搞不清……」

「不應該是這樣的啊！」我的家庭醫師似乎有些不解，「難道你沒有歸納出這些故事的共通性嗎？」

「共通性？」我狐疑著：「第一個故事是關於一名老男人的舊時情懷；第二個故事是一對情侶互相使壞；至於第三個故事——總歸一句話，我們的勇氣都來得太晚！」

「所以你聽得很無奈，覺得這些故事是瞎掰？」我的家庭醫師問。

「不是嗎？第一個說故事的人是一位大男孩，他的故事讓那些找樂子的女人相當High；第二個故事，說話的人面色有點菜，我懷疑他前夜是不是搭訕失敗；第三個故事聽起來最怪，那個女孩一邊說話一邊吃蒟蒻加鈣，她說這世界上的愛情都演得一把爛！」

「難怪你會重感冒！」我的家庭醫師彷彿找到答案，「關於感冒的本質就好像戀愛，到頭來都是一場健康和痛苦的角力狀態！」

「怎麼說？」

「剛分手的時候，你以為自己完了，像美國本土遭到恐怖攻擊，天空一片灰暗；你眨了眨眼假裝強悍，恨不得現在就將對方移送法辦；然後你轉過身去偷偷期盼，如果十步之內她出聲叫你，你們的關係將舊情復燃……」

我的家庭醫師深吸口氣，「可是，這世界上有許多事情就像燃燒的煤炭，到頭來就只剩下一聲感嘆。於是你開始堅持什麼症狀都要到大醫院去看；你甚至學著在鼎泰豐排隊，和那些觀光客說『嗎你好』；然後你肚子撐得好飽，回到家倒頭就睡，再也不管那些『男人沒什大不了』……」

「最後，你醒來，在陽光豔豔的午后，窗外蟬聲知了知了，你一個人傻傻坐在床邊，吞口水的時候發覺自己不再咳嗽。然後你看著昨天拿的一堆藥，突然覺得這一切多麼好笑，總有一種小丑的辛酸和那麼一點點驕傲。你站起身，換上平常都不敢穿的那一件短褲，告訴自己今天要『快、狠、準』——雖然你知道，終究還是會寂寞……」

「能不能等一下，」我的語調像水泥正要凝固，「醫生醫生，你究竟想表達什麼？」

「幻滅與真實，愛情裡的不確定——你所說的那些故事的共通性！」

「不確定？」

「嗯。第一個故事是古早戀人久別重逢的那一番驀然回首。第二個故事說明溝通的歧異性。第三個故事訴說指出死了又復活的愛，再也無法重新來過。」我的家庭醫師嘆口氣：「它們統統擁有一個幻滅的結局，但也統統呈現了感情真摯的經過。」

「說穿了，愛情裡的不確定性，就是幻滅與真實的加減乘除！」

那不是說了等於沒說？

我在心底這麼納悶著。有哪個人的生命是確定的？計畫永遠趕不上變化，誰能夠保證下一刻不生病？

「所以說，你必須親自體驗！」我的家庭醫師鐵口直斷：「愛情，畢竟是全部的占有！」

「不管怎麼說，我的感冒還是沒好！你給的藥根本沒效！」我反駁。

「不是沒效，而是必要的時候，你必須親自體驗——哈啾！」我的家庭醫師突然打了一個好大的噴嚏。

他不會也感冒了吧？這場鬧劇——感冒與愛情，愛情與感冒，他會不會其實是個精神不正常的家庭醫生？

金黃色的陽光依舊映在地磚與地磚的間隙，灰與白的對比，冷熱分明。電視螢幕上，一再重複美國紐約世貿大樓瞬間坍塌，一次又一次的寧靜與華麗……

「別失望了！」像大衛魔術，我的家庭醫師此刻站在大門外，又打了個噴嚏。

從來沒有人能夠預料愛情何時降臨？愛情來的時候也通常讓人毫無招架之力——但現在，同樣感冒的兩個人，同樣聽了三個故事的醫生與病人……問題是，我並不愛男人啊。

「這一切都不重要！」他手裡托著一壺下午茶，有鬆餅和沙拉，不知是哪一國的浪漫？

「必要的時候，你必須親身體驗……」我突然記起，自己有多久沒走出家門了？封閉的那顆心啊，它是該被喚醒的時候了嗎？

於是我笑了笑，打開門，請他進來，請他說說什麼才是最最浪漫的情節？

用一個故事來換——

第十一張床

屁的傷感

她邀我上她家裡吃飯那天，我心底著實猶豫了一下。

並非自己不夠愛她，實在是，那纏身已久、令人難以啟齒的毛病，迄今仍未能有效的根治。

ㄅㄨˊ——是的，不要笑，讓我們用國文的某一課，大約是花木蘭代父從軍歸來那一段，李亮將軍前來花家提親，他原本說：「希望花老伯您不要拒絕我的請求。」不幸的是，這段台詞被當年的我們改成「李亮將軍說：『希望花老伯您不——ㄅㄨˊ——』」放了一個又臭又長的屁！

從此，李亮將軍未曾再和花木蘭見上一面……

從此，李亮變了……

這是多麼令人難為情的一件事啊。

我不由想起在報紙上看過的一則報導，說是一對男女相完親，男方送女方回家，途中剛好下起了雨，兩人於是共撐一把傘，這時候，女生不巧放了個屁，試問那名男士將會有何反應？報導中指出，男方對於女方的這類舉動應該比較不會介意，但即使如此，女方基於難為情、羞恥心等等，下次將不好意思再接受男方的邀請，當然也就不可能有更進一步的接觸了。

可是，如果雙方是情侶呢？甚至是情人的媽呢？我猜想，也許情況又不同了。

我下意識又摸了摸腹部。

從小到大，不知試過多少偏方、動了不下二、三十次大大小小的手術，甚至就連現在當了醫生，也力行鑽研抑制這類毛病的方法，卻還是無法有效解決這類惱人的問題——「腸躁症」，又名「大腸躁鬱症」，這應該是比較接近這個症狀的描述，卻不夠準確，畢竟大腸躁鬱症造成的腹絞痛、脹氣等，我都沒有，純粹的放屁，並且是不斷放屁而已。

尤其和她交往以來，每次約會總不免提心吊膽。要不就是避免吃太多東西，要不就是藉故離開到廁所「舒壓」，再不然就強忍至冷汗直流——悶啊，真的悶。根據醫學研究指出，憋屁會導致胃痛、頭暈，甚至可能噁心想吐乃至致癌——致癌，這點顯然是言過其實了，不過網路時代嘛，誰管得住謠言呢？總之，過去幾次因為忍耐，終究度過了難關，但這次畢竟並非幾個小時就能夠打發，而是她邀請我「到家裡吃飯」，還必須與她母親「談談我們的婚事」，這麼一來，這場飯局變得非同小可。

「怎麼辦？」我煩惱著，但煩惱也來不及了，因為她母親已經站在面前，熱心的幫我挾菜、解釋拿手料理該怎麼做了。

「這個啊，很簡單，只要把冰涼的苦瓜泡一點醋，再加幾匙冰糖拌一拌……」

一提到做菜的事，她母親顯得興致高昂、喋喋不休。

「伯母，您的廚藝比起外面那些大廚還要棒喔！」我露出這個晚上一貫討好的笑容，下意識卻痛苦無比，臀部緊縮。

「沒有的事！」她母親眼角含笑，「來來來，小張——是小張沒錯吧？這個魚多吃一點！你們平常成天在外很少能夠吃到這麼新鮮的魚，這魚可是我今天早上專門去買的，活蹦亂跳！」

我點點頭，極為擔心下一秒就會功虧一簣——那該死的老毛病！

我瞥瞥眼，期待她能夠拯救我，但她似乎一回到家，就變了個人：安靜，並且馴良，一點也不像她在手術檯前的暴躁。

我看看這個家——沒想到第一次來就是談結婚的事——位在巷子裡的老公寓，擺設和一般台灣家庭沒什麼兩樣：西式掛壁油畫、中式神主牌位；小小窄窄的碎花磁磚浴室以及厚重的客廳地毯；還有角落裡永遠不知何時會被清理的過期報紙、電話簿、宣傳單……整個屋子充滿了一種懷舊氣息，以及那樣破落的感受。但即是如此，也還擁有老時光的優雅情調，彷若作為最後貴族的一絲絲榮耀，恍忽間，讓人以為置身在一張黑白相片底：凝塑，光線錯落，構圖精確，卻終究缺乏一點實際的溫度。

「別光吃飯啊，小潘，多挾點菜去吃！多挾一點——來——剩了放冰箱，明天就不新鮮了！」

「媽，是小張！」她不太高興的提醒母親。

母親沒理她，自顧往這邊遞過來盤子，是我害怕的花椰菜與羊肉。

「伯母，您別忙啦，我自己來就好。」我硬撐著說。

「別客氣，都是自己人。」她母親說：「自己人啊。」

也就是我正在手忙腳亂之際，她母親突然停下來看著我，若有所思道：「看你和小珍這個樣子，真羨慕你們……想當年……」

「媽！」她試圖打斷母親的話頭。

「想當年，」她母親淡淡笑著說：「想當年我和小珍的爸也是這樣，可是，可是後來好像變得一文不值……」

「媽！」她又喊。

然而，她母親顯然沉浸在那些回憶裡，顧不上她的抗議。我於是輕輕拍著她的大腿，示意：算了吧，讓妳母親說。眼前這個女人——未來的丈母娘，她其實是個風韻猶存的女人呢：剪裁合宜的連身裙，蓬鬆有致的大波浪鬈，眼角微皺，鼓脹但略嫌下垂的胸部……我想，如果走出這扇大門，如果拋開這個屋子的糾纏，她應該會是兩樣的吧？可是，那終究只是「如果」罷了——如果她父親和母親未嘗離婚，那麼，她還會是「現在的她」嗎？我還會愛上她嗎？

然而也正是父親的缺席，使得這個家似乎缺少了一點什麼，也許是活力？也許是有力的威嚴？唯獨那隻被喚作「哈利」的博美狗，汪汪汪汪、汪汪汪汪，始終給人極度不安的神經質感受。

極度不安的終究是我的腸胃。它們又蠕動了，似乎再過一會，那積習已久、難登大雅之堂的老毛病即將爆發開來！

也就是這時候，客廳裡的電話鈴聲突然響起來，嚇得我腹部一陣痙攣，以為自己將要失態。

「我來接。」她說。

這麼一來，廚房裡就只剩我和她母親兩個人了。一個未來的女婿，一個失婚、歷經世事的女人，還能說些什麼呢？然而此時此刻，我完全沒有心思談什麼大聘小聘、吉時迎娶等等，因為就快忍不住了啊！忽的，汪汪叫的博美狗一骨碌跳到我的大腿上，盤踞在那不安的腹肚前。

ㄅㄨˊ——不要賴在我身上！

我在心底這麼對著博美狗吶喊，出其不意的，屁就衝了出來——

「哈利！」她母親——未來的丈母娘喊。

我低著頭，假裝很專注扒著飯，心底鬆了口氣。好險，我想，還好有這隻狗——狗，也會放屁吧？我伸手摸了摸哈利，希望牠待在這裡不要離開，起碼能夠幫我應付一些「突發」的狀況。

「伯母，」我說：「您對我和小珍的交往……有什麼看法？」

她母親不知是沒聽到還是故意沒聽到，不發一語的背過身去掀起鍋蓋，爆炒下一道菜。

「伯母……」我心底一陣緊揪——難道，她母親已經發現什麼了嗎？

「來來來，小潘，」她母親這時候端上來一盤熱騰騰的菜，「趁熱吃！」

「媽，是小張！」她走回來提醒母親。

「小珍妳也吃啊，再不吃飯菜都要涼囉。」

我如釋重負，想必剛剛是多心了，她母親依舊親切如常。

「小張啊，」她母親一面挾著飯菜，一面說：「希望黎媽媽剛剛講的話沒有把你嚇著。說真的，我一個女人家這麼多年來辛辛苦苦把小珍帶大，就是希望她將來有個好歸宿……」她母親這時候俯下身來，像是仔細打量著什麼的在我臉上端詳了許久，突如其來的拉起我的手說：「可是黎媽媽今天看到你……欸，你長得可真像他，可真像他呵……」

她母親越靠越近，濃厚的脂粉味鑽進鼻息，是水蛇刁鑽，滑腴，靈動，卻冰涼穿心，飄飄然的背後隱藏了更大更未可知的沉重，彷若隨時令人窒息——

「媽！」她又提醒母親：「是小張！」

我連忙將手抽出來，「伯母，」我試著平靜的說：「我和小珍是真心相愛的，希望您可以答應我和小珍的婚事，不——ㄅㄨˊ——不要拒絕……」

沒料到，真的沒料到，話都還沒說完，屁聲就像效果音又像嘲笑那樣，拖了一陣響亮的長音！彷彿戲碼和舞台都未曾改變，甚至連台詞都一模一樣，只不過我和花木蘭裡的那個李亮將軍交換了戲服，成為小學生嘲笑的尷尬角色……

「哈利！」她母親又喊。

啊？我原以為這次真的完蛋了，卻聽見未來的丈母娘又喊了一次相同的名字——她真的以為是博美狗幹的好事嗎？我撫摸著哈利，像是什麼都沒發生的，慢慢的、慢慢的抬起頭來，瞄了她母親一眼。

她母親也像是什麼事都沒發生的，一個人靜靜坐回去、低頭扒飯。

我突然有些同情起這個女人——含辛茹苦的養兒育女，林林總總的冷嘲熱諷——我不由想起南方的老母親來，如果換作是未來的媳婦患有這樣的毛病，她會怎麼想呢？

「小珍啊，不要再講電話了！熟飯都要變成生米啦！」她母親似乎意有所指的朝著客廳喊。

我現在真的同情起這個女人了——一輩子在囉唆的小悲小喜裡拉鋸、夾縫中求生存、故作鎮定——誰在乎她的真心呢？誰在乎她也有想要瘋狂、想要尖叫的時刻？那些最不為人知、最陰暗、最真實、最悲傷的一面長得什麼樣子呢？

這原就是個只能私下流淚，以及偷偷放屁的假掰時代啊。

「對啊，」我也附和著，「小珍，ㄅㄨˊ——不要再講電話了，妳最愛吃的……」

「哈利！」第三度放屁的剎那，她母親音量尖拔，又喊——依舊喊著那隻博美狗的名字！

我不解，只見她母親眼若銅鈴，緊盯著我懷中的那隻博美狗嚷：「叫你過來你還不過來！」

「再不過來你就要被『薰』死了！」

啊，這是個什麼樣的毛病呢！關於結局——欸，誰知道？飯局上的小插曲——也只有我、我們，以及擁有同樣困擾的小人物，才能夠明白這人世中，許許多多虛假與不由自主的，宛如屁一般的傷感了，不是嗎？

ㄅㄨˊ——

第十二張床

公主，死境中的質問

大批大批的童話故事散落在她的床上，以至於四周的顏色看起來那麼繽紛，不幸的是，這次的故事灰濛濛的，令人感覺到她說話的同時，森冷不斷覆蓋著這張寬闊的床，寬闊的回憶。

她說，那天醒來，她就立刻發現哪裡不對。

陽光美好，大地晶亮，婉轉的鳥鳴溜溜穿過門前的椰子樹……她推開窗，遠方的山景淡藍剔透、就連那座尖尖的教堂也未嘗改變，一切那麼自然，並且沒什麼兩樣。

但她總覺得哪裡出了問題？

「瑪麗亞！瑪麗亞！」她高喊起來。

塌鼻子的女人推開門，「妳——妳終於醒來啦！我的老天爺！」高鼻子女人露出不可思議的表情，眼角流下激動的淚。

她心生納悶，不就是睡了一場午覺嗎？有什麼好大驚小怪的？

「才怪！」瑪麗亞說：「妳已經睡了好久好久囉！」

「好久？」她詫異著，發現眼前的瑪麗亞變胖了，身上的衣服有點髒、有點舊，脖子後方的衣領黏著一大塊油漬——完全不像原本乾淨漂亮的女孩！

「對啊，妳才知道！」瑪麗亞說：「自從妳一睡不醒後，妳爸媽傷心之餘，把妳送來這個地方，想說會不會有奇蹟出現？結果，一開始，他們還每天派人來探視，誰知道隨著日子一天一天過去，居然不見人影啦？」

「那他呢？」她環顧四周，陳舊的木地板咿啊咿啊，從腳板竄升而來的涼意飽含了生靈氣息，她不由打了個冷顫。

她明明記得房間裡有柔軟的地毯，地毯是阿拉伯進口的波斯絨；牆壁上有溫暖的爐火，火爐底下是黃金打造的馬蹄圖案，而現在，隨隨便便塗上一層白漆……

「他……」瑪麗亞挑著眉，聲音突然低下來，「他……」

「怎麼樣？」她有些心驚，「出了什麼事了？」

「他和妳一樣，也是一覺不醒……」瑪麗亞說，緊緊捏住衣角。

怎麼回事呢？她不是才剛躺到床上幾分鐘，怎麼一覺醒來，世界大亂？

「我究竟睡了多久了？」她問。

故事說到這裡的她，對著鏡子抿抿嘴，露出一個僵硬的笑容，她的笑像亂拍翅膀的鳥禽，幾隻透明的小魚自唇下游過，水族箱裡的海藻開始枯萎。

她說到這裡，冷不防的回過頭來看著我，「你比我小耶！好奇怪喔，你怎麼會躺在這裡？」

我看著她，刻意避開那些皺紋，果然，女人過了四十五就顯得力猶未逮。

然而她兀自掉著淚，撫摸著那些凌亂的童話書，無法理解，這麼多年來，她的青春全在夢裡度過，而她完全不記得躺下來之後發生的一切——但她記得在那之前的那個結婚紀念日。

那天，她和他對坐在寬闊的餐桌上，燭光搖曳，而他們沉默，久久久久才聽見他說：「敬妳。」

「敬我們。」

然後，又是一陣長長的寂靜。她有意無意絞著頭髮，髮絲落到餐桌上，蒼白的，灰的——她抬起頭來看看他，頸部同樣起了變化，甚至看得見隱約的褐色斑點……凱撒沙拉微酸的滋味徘徊在舌尖，她感到心裡升起的微酸的驚動。

「今天……」他喝了一口湯，「妳還記得我們第一次相遇的模樣嗎？」

她沒來得及細想，錯愕的發現他喝湯嘖嘖有聲——她想起初識時，他還斯文的一片一片撕著麵包吃——她疼惜的摸了摸開始老了的手臂，毛躁的皮膚彷彿毛躁的情緒。

「今天的生菜有點老啊？」

「生蠔不夠新鮮，失敗。」

「還說呢，兔子肉好腥！」

Ren
2000
7.1-15
NO.5

就是這類再平常不過的對話，不是天使的發音，也不是平凡無奇的嗓門，就是不冷不熱，一搭沒一搭的談話。他們走著走著，居然走進了老人的世界，走進用過即丟的偶像劇……「從此，公主與王子過著幸福快樂的日子」，結果呢？

「老實說，」她很想問問他：「你還愛不愛我？」

但她終究沒有勇氣開口。

「你呢？」極其突然，她趴到我的胸前問：「你愛我嗎？」為什麼女人總是這麼執著呢？追問的愛就算獲得承諾的回答，能代表「愛即永遠」嗎？

「但女人就是愛聽承諾啊。」她撫摸著我的臉，冰冷的，多皺紋的手心像條蛇，眼神渴求的說：「有些男人連謊話都不願給吶。」

真的是好麻煩的女人世界呢。不給承諾就說沒肩膀，給了假承諾又變成負心漢，到底是想逼死誰啊？

她笑笑的，看著我，像那天看望他一樣——曾經擁有那樣俊美的線條，怎麼突然就鬆垮了？

她說，她還記得他們那天吵了幾句，臨睡前，他向她說「相信我，我真的愛妳」，結果就這麼一覺不醒了。

「簡直像個活死——」瑪麗亞悲傷的陪在她身旁，沒再繼續說下去。

她想起年輕時，遇見一個人，愛上對方的溫柔，以為那已經是一輩子了。等到年紀稍長，愛情的考慮變成「身高、體重、收入」，但終究還有那麼一點真心的。再過幾年，婚姻等同「找個伴」，一切也就平淡無奇了。

「他不會再醒過來了！他早就死去了！」她突然湧起這麼驚悚的念頭。

過早投入的情感，可惜他們的熱情早已消退殆盡。然而終究是親愛的戀人，思念還是會形成心底的一把火——所謂快樂，所謂幸福，說到底也就是生活本身而已，叫她如何能夠忍受，曾經朝夕相處的這個人，就這麼再也喚不回呢？

於是她找上巫婆，希望借由法力可以問出他的意識？在「那個世界」裡是否過得快樂？

很顯然，這註定了一場悲劇的發生——所有故事裡的巫婆不是邪惡就是嘴歪眼斜——在童畫書裡，也正是擁有巫婆的破壞，才得以凸顯愛情的偉大。

「妳從以前就是這個樣子，」王子帶著責怪的口氣，「為什麼要這麼衝動呢？」

「就算找乩童也比巫婆強啊！」

有什麼分別嗎？她在心底抗議著，想像他們重逢將有戲劇性的激動，結果呢？

「我也是為了能夠再看見你啊！」她忍不住反駁說。

「可是……」他牢牢盯著她，彷彿她的臉上生出一道難看的疤。

「變醜了是不是？」她說：「所以你不喜歡了？」

「欸，妳還是老樣子！老是愛問這些有的沒的！」

「有的沒的？對你來說，我是『有的沒的』？」她叫起來：「我這樣千辛苦萬究竟為了誰？」

「妳又來了！在一起這麼久還是這樣！」

「在一起？」高八度的女音。

「就是生活嘛，生活妳還要怎麼樣？」

「你知不知道，『現在的你』其實一覺不醒！」她嚷著：「生活生活！你告訴我，我怎麼和一個『鬼』生活？」

話一說出口，連她自己也吃了一驚。

所謂「陰陽戀」啊，想都沒想過，他竟變成一具輕飄飄的「靈魂」——她告訴自己，她其實只是走入他的夢，他們在夢裡相遇，原本希望有不一樣的情感發生，然而她很快就發現，無論到哪裡，感情都是一樣的，一樣的失敗與絕望！

然而在她的想像裡，愛情發生的時候，也許是這樣的景象：一個醒來的午后，男人望向窗外，雲靄翻騰，風雨欲來，然後他跑下樓，在另一幢遙遠的城堡前等待她的出現。雨聲千軍萬馬，男人把臉抵緊雨傘，安靜的在街上想起那些光潔凝凍的親愛，直到雨停了，天光沒入夜色，然後她出現，他們緊緊擁抱……

「早知道這樣……」她絞著頭髮，幾乎要把那句出話喊出來。

（早知道是這樣，就讓你永遠睡死好了！）

（早知道……）

她重重的、輕輕的揉捏著自己的掌心，掌心的那一顆黑痣陷落到一片蒼白裡，鬆開手，倏忽又浮現在血色豔豔的紅潤之上。彷彿那些逝去的青春與人生，脈絡尚未分明，隨即淹沒在一片渾沌的無聲底。

「為什麼我們最後會變成坐著吃飯，卻說不上幾句話、吃完飯就想睡覺、睡完覺又想吃飯的戀人呢？」

有一瞬間，她又看見了他頸部的褐斑。

「怎麼辦怎麼辦？如果我一直沒辦法回到原本的『那個世界』，那該怎麼辦？」他焦急的盯著她。

一切都不重要了。她想，外面的世界已經走到數十年之後，而他們卻在「另外一個世界」裡相對無言——還能怎麼辦呢？她撇過頭去，房間的角落，或者哪裡破了一個洞，發出嗚嗚的哀鳴，像她心底的空洞，她發覺他們不可能再有任何改變了。

激情之後，恩情也一併煙消雲散。

最終只能躺在這裡，說著一則又一則的童話故事，向每個來到這個房間裡的人說：「我真的是公主。我真的是——」

第十三張床

姊姊姊姊

在攝影棚裡坐久了，背脊不由寒涼起來。

她下意識挺了挺腰，身後的椅背仍然距離有一個拳頭寬，怎麼也感受不到一點厚實的溫暖，早知道就不該穿露肩洋裝來參加這個節目的，她想。

那邊的鏡頭依舊帶到前排第一個位置，女孩燙著大波浪鬈、細眉、厚唇，看起來就是一副乾柴烈火的模樣！她又試著把腰桿挺直，勉強擺出一副優雅的姿態，她老覺得今天背上有一股寒意，從胳肢窩竄升至耳後根來。

「六號莊美菁小姐的資料我們介紹一下：一百六十四公分高、四十八公斤，O型天蠍座……」男主持人讀著手中的小卡片，突然話鋒一轉，「唷！我們這個莊小姐的才藝是曾經獲得過長腿姊姊冠軍，也曾經參加過國標舞大賽——嗯，有照片為證嘛……來來來，還是讓我們看一下好不好？妳有參加過美腿比賽的嘛？」

她眼睫低垂，思緒飄散了，等到回過神來，女主持人早在一旁解圍，「我想不需要啦！人家會害羞的，攝影機拍一下莊小姐的腿部特寫好了——嗯，真的非常漂亮！那邊的男生為什麼每個人嘴巴都張得開開的？不是我要說你們，真的是——請坐請坐，真的很漂亮，又長又直！」

她的手抖個不停，覺得自己剛剛表現得很糟！坐回座位，雙腳都忘了併成T字步了，現在她真是後悔，不該一時衝動來報名參加這個相親節目的——聽那些姊妹淘瞎起鬨！

她又瞧了瞧觀眾席上的小英、美娟，她們猛揮手，看起來相當興奮的樣子，順著手勢望過去，對面坐在第二排角落的男生同樣坐得直直的，唯獨一雙眼睛飄來飄去。

這年頭，好男人究竟跑去哪了？

她想起那天午后，那個滿懷笑容的男孩跑來公司裡採訪她，說是為了大學的畢業製作，臉上的雀斑像新拓的水墨，怎麼看都是白紙上的點綴，有線條的臂膀暗示著什麼——她不由想起那個喜歡穿白襯衫、牛仔褲的男生，他說：「讓我們相愛，不要彼此傷害。」怎麼聽怎麼假的話，居然說服她了，一同與他穿越幽微的相思林，走入一段曲折無明的愛情。

「我想，都什麼什麼年代了，總不能坐在家裡等愛，愛情不是靠緣分的！與其坐在家裡看我們的節目，不如馬上心動報名——廣告之後請繼續收看——」

攝影機又往她們這邊掃過了。

這一排的女生通常是少亮相的，就連說話也經常被主持人打斷，只有腿部才會被鏡頭注意——當前一排女孩發言時。

她不免有些氣惱，都說「只有懶女人，沒有醜女人」，剛才在化妝室裡，她還特別打量了鏡中的自己，一張瓜子臉、薄唇、鳳眼，還有一個尖尖凸起的外國血統的下巴，她抿抿唇，看見一名男士遠遠望著她，終究沒有過來遞上一張名片或聊上幾句。

「那麼，我們現在開始進行『一見鍾情』——」男主持人的聲音拉回她的思緒，「希望每個人都能按下心目中的理想對象，這樣我們才能更進一步瞭解各位的想法。」

她看著對面正襟危坐的幾個男生，突然覺得他們皺眉瞇眼的表情像極了小丑，腦袋被裸女架空，光溜溜的女性身體架構成他們的腦幹，底下寫著一行大字：Typical brain of man。對，「男人淫腦」——她輕輕牽動嘴角，眼裡一隻隱形眼鏡和瞳孔對上了焦，一切變得清楚了，一切也都顯得那麼不合時宜，匆忙中，她糊裡糊塗選給了那個單眼皮男生。

「好，現在在我們第一單元中，人氣最旺的男、女主角都已經出爐了，我們稍作休息片刻，廣告之後馬上回到現場！」

休息的空檔，攝影棚像個菜市場。

觀眾席上的親友紛紛走進化妝室裡高談闊論，小英和美娟她們也跑過來向她耳提面命，「不要選那個啊，那個男生！」

「唉唷，妳平時不是教她不要太挑，這樣才能擴展生活圈？看對眼就選啊，有什麼關係？」

「拜託，妳看那個男生色瞇瞇的，選這種人將來會害了她，妳知不知道？」

「妳又不是她，妳怎麼知道她將來會怎麼樣？」

「我當然不是她啊，可是等到將來嫁錯人了，妳才開心是不是？」

「我又沒這個意思！」

感情裡的爭吵肯定是必要的，但現在呢？

她頭痛起來。恍恍惚惚中，看見十二歲的自己蜷縮在父母身旁，夜半時分，她聽見窸窸窣窣的聲音——那是她們全家遷入新居的第三天，她聽見母親平靜而沉重的爭執，「如果緣分盡了，那麼就分了好了！」

她父親先是沉默了一會，兀自強作鎮定，「早知道，當初就不該讓妳去上班！」

黑暗中，她緊握拳頭，動也不敢動。身旁磨牙打呼的妹妹渾然不知即將到來的夢魘。然後，終於承受不住對於「分離」的恐懼，她哭出聲來！

父母親大吃一驚，同時脫口而出：「妳怎麼還沒有睡？」

年幼的她嗚咽道：「我不要和你們分開！我不要和你們分開！」

直到天明，蒼白的房間裡沒有再聽見任何聲響。

「是的，我們非常感謝六號莊小姐所提供的精闢見解！」女主持人拍拍手。

「接下來，八號的王小姐，讓我們來聽聽您的獨家祕方？」

「基本上，」王小姐說：「如果說我的另一半很有異性緣，首先我要釐清一下，像剛剛的小姐說要睜一隻眼閉一隻眼，但是妳看到就是看到了，怎麼可能裝作沒看到，又不是鴕鳥對不對？」

「喔，有罵人唷，有影射唷？」

「沒有，我只是想說，如果真的我有男朋友的話，他的異性緣很好，那我會很高興，因為全世界的女人都愛他，可是他愛的卻是我！所以，我會跟他的每個好朋友都變成好朋友，這樣，我可以佈眼線，然後什麼事都難逃我的手心！」

「可是，」女主持人問：「妳有沒有想過，男人他們的好朋友，表面上看起來是妳的好朋友，其實他們的忠誠度永遠是給妳男朋友的？」

「對，他們的忠誠度事實上就像狗一樣，他們還是對他的主人比較好。」

「現在是什麼情況？」男主持人顯得有些不耐煩，「又是鴕鳥又是狗，妳今天怎麼講不出一句好聽的？」

「對不起對不起，用詞有點差……這時候，妳就要運用妳的智慧嘛……」

「好，等一下，那我們回到剛剛前面來講。」男主持人問：「假設妳現在交一個男朋友，他對妳不錯、他真的很有女人緣，妳也覺得全世界的女人都愛他，可是他卻只愛妳一個人，但是妳後來才知道，他不是妳能掌控的，那麼，萬一有一天他拈花惹草被妳知道，妳會怎麼辦？」

「好，他會拈花惹草！我們已經交往到一定程度，他還像隻採花蜂這樣四處飛，我會放棄！我已經沒有必要在他身上放太多心思了！」

「妳是學生物還是學國文的？鴕鳥、狗、採花蜂樣樣都來……對，國文這種東西涉獵的範圍是非常廣泛的——」

關於感情的關鍵字：哪裡畢業、薪水、身高體重；無法一手掌握、愛不愛我、有沒有男女朋友；忠心、風流、開朗——在小心翼翼拆解之後，就足以做出決定性的告白嗎？望著電視牆上的個人資料表，她突然有些困惑起來：究竟，什麼才是她想望的愛情？

「我想，關於這點，我們可以歸納一下，」被稱為「愛情顧問」的專家娓娓道來：「所謂愛情：首先，天雷必須勾動地火。其次，需要披荊斬棘。第三，只有不懂得愛情的人，才會說出『我愛妳有多深』。第四，對於女人來說，男人愛妳並不重要，最重要的是他想不想要妳。第五，女人喜歡新好男孩，男人卻往往被使壞的布蘭妮吸引……」

「總之，把結婚視為愛情的總結，就好像把《第六感生死戀》倒過來看！」專家露出小虎牙，微笑。

她覺得自己是愛情裡的小學生，中學都還沒畢業，便急急忙忙報名大學聯考——嚴格說起來，她這一路的成長過程，也沒談過幾次真正的戀愛，就拿之前那個白襯衫男孩來說，時至今日，她仍舊不明當初究竟喜歡他哪一點？他又為什麼愛上她？

只記得結束之後，他幽幽的說：「妳是不是要少吃一點？」

她又覺得背脊一陣發冷，側過頭去，觀眾席上的小英和美娟還是那麼興高采烈，眼神落在對面第二排角落的男生，他在看什麼？女孩的胸部？女主持人鼻頭上的青春痘？桌上的小抄？還是待會下了節目要使用的公事包？

「我想，都不是吧。」坐在第一排第一個位置，大波浪髮的女孩翹起嘴，「大部分的男人，充其量都只不過是普通成藥而已。有些男人是胃藥，陪妳吃飯有一套。有些男人像止痛藥，對於傷心寂寞特別有效。有些男人像減肥藥，如果不到最後一刻誰肯要?只有毒藥，明明知道不該要卻還是心甘情願被迷倒……」

「照妳這麼說，我們二號的張先生像什麼?」男主持人打斷厚唇女孩，「沒錯嘛，妳剛剛是投給我們二號張先生嘛，他像什麼藥?」

「從一開始，我就覺得他像『中藥』。」

「妳是說——」

「不是廣告上那個啦!是真正的中藥，溫和不傷身體……」

「妳是說他看起來很老實?妳嘛幫幫忙!繞那麼一大圈來講!不過，我們非常感謝許小姐的意見，我們謝謝她的『男人中藥論』。」

算一算，從節目錄影開始到現在，「忠厚老實」一共出現了幾次?

還有，「新好男人」呢?誰知道那些笑容底下包藏的真正性格?

她又想起父母親，最終，他們還是分了。

她又看見那個單眼皮男生不安分的睞來睞去了。她眨了眨眼，對面十位西裝筆挺的男子個個正經八百，她看著看著，突然意識到:他們坐在這裡並非為了尋找真愛，而是楚囚相對——記憶不斷浮現，美好的時光卻早已遠離。

於是那個滿懷笑容、跑來她們公司裡採訪她的雀斑男孩，他的面孔再度朝她這邊擴大了。

還以為他會再打電話來呢，她想。

然而電話裡照例充斥著民眾的申訴，一下子是「路上有雞該怎麼辦」，一下子是「為什麼小李飛刀這麼不專情」……彷彿每個人心底都有巨大的洞，都不知道該拿它怎麼辦，只能不斷講話，或者找另一個人講話。她靜靜的在紙上寫著：「笨蛋笨蛋……」卻還是必須在每天吃與不吃早餐中掙扎，在該不該開燈的出租套房中糾結，每天，對著一隻布偶講話、卻越來越少打電話回家……彷彿最後生命只剩下一口氣：累。

這時候，雀斑男孩笑著對她說：「瓢蟲為什麼可以讓樹大笑？」

她看著他，一瞬間以為他變成了那些無聊的民眾。

「因為它有點。」

她不知道，這究竟有什麼好笑？為什麼現在的年輕人這麼愛笑？是因為她老了嗎？那時候，他們坐在員工餐廳裡，鄰桌的一個女孩問男孩說：「我們應不應該繼續走下去？」

「也許，冷靜一下對我們都是件好事？」

「我還是感覺你不能保護我。」

「我不希望讓你覺得累，不希望成為別人的絆腳石！」

「我在想，如果將來有一天，你喜歡的我改變了呢？」

「你能夠愛一個人多久？」

落地窗都起霧了，她一口一口喝著可樂，感覺要凍僵了。但眼前的這個清秀男孩，他的雀斑還是靈活得很，尤其沾了一兩點番茄醬，又熱情又頑皮，眼底淨是慧黠。

「老實說，妳談過幾次戀愛？」也不知道是隔壁的男孩問女孩，還是他問。

她先是一愣，總覺得這句話像是突兀而無禮的年輕氣盛。但也唯有青春，即使橫衝直撞也顯得格外可貴，並且親愛。

她抬起頭來，看見他的棉質T恤印著蒲公英：那據說是遍尋不著舊情人的少女化身，意味著「失去即不再擁有」。她望著男孩挺直的鼻子、明澈的眼，忍不住揣想：要是和他墜入情網，那將會是什麼樣的情景？

小英和美娟肯定會笑的吧。

這時候，身旁的那對男女正忙著把薯條放進紙袋中，番茄汁迤邐點點，像血，一整桌的呼救。

「好！現在速配成功了！我們八號的張先生和我們六號的莊美菁小姐，他們從頭到尾都互投！」男主持人說：「來來來，張先生，請問您現在有什麼樣的『愛的宣言』要對我們莊小姐說？」

眼前的影像不再是那位眉清目秀的男孩了，取而代之的是一名素未謀面的男士，她望著他，他也同樣望著她，但那已非從前的美好，而是倉皇的此時此刻了。

「如果妳是那白雲，我便是那輕風，吹送妳到各地旅行；如果妳是那大海，我便是船隻，無論波濤起伏我都相伴妳左右……」對面的男士開始說話時，她突然很想打噴嚏。

窗外的樹葉都搖動了，光線透過間隙在桌面起伏，下午的陽光一格格把房間暈染成金黃的顏色，她突然意識到時間的不可逆，又把腰桿挺直，試圖趕走背上的寒意，但冷氣實在太強了，那些字字句句都成了嘴角的哆嗦。

窗外的樹葉又搖動了一次，她迫切的想要把這一切變得更有顏色，迫切的想把這些日子以來失去的那些拾掇起來——恍恍惚惚中，那個雀斑男孩又來到她的面前，輕聲與她交談，然後朝她喊：

「姊姊！」

所有的聲音都沉默下去了，所有蚋擾纏祟的幻影也都消失了，只有她還坐在原位，坐在暗無天日的小套房裡，獨自觀賞著那天錄影節目播出——「如果妳是那小草，我便是那大樹，為妳遮風淋雨也不怕；如果妳是那旅人，我便是道途，無論路上歧嶇我都要和妳長廂廝守……」從畫面上看起來，男人比她老上許多，但就真正的年紀而言，卻又足足小了她五歲……

她下意識挺直了腰桿，最後一個鏡頭帶到她的臉龐時，房間裡的電話依舊沒有響起——說好了今天情人節要一起吃飯的啊。她看著特寫的魚尾紋，那細小的一扭一扭的笑意，像僵硬了摺壞了的衣服，而她的心境再也無法平坦了。

往後的日子裡，她還要繼續期望愛情嗎？她不知道，在月曆默默圈起自己的生日——過完年，她將滿三十歲——姊姊姊姊，她又聽見有人這麼喊，不斷的喊，沒完沒了魔音傳腦似的。

「夠了吧，去你的！」她把搖控器狠狠的摔到地上，真希望這一切都沒發生過——真希望，還能夠再年輕個幾歲，那就好了。

第十四張床

暗影莽然

「那麼，最近的性型態都是怎樣的呢？」

「啊（摀著嘴），被你問這個問題真是羞死人了！」

「老實回答吧。」

「女孩子說不討厭就是喜歡啦，不否定的話就是想做很多很爽的事就對了……（害羞的笑）唉啊，討厭啦，老問令人家臉紅的事。」

我和他坐在中正路上的一家泡沫紅茶店裡，冷氣很強，吧檯前幾位負責送飲料的兔女郎有意無意朝我們這邊偷瞟，顯得他裸露在背心以外的臂膀別有用意。

「事實上，也不是這樣的，」他急忙解釋：「我只是覺得，覺得自己好像，好像對於女孩子特別容易心猿意馬……」

他把手上的一本雜誌捲成筒狀，攤平了，又捲成筒狀——那是一本叫作《漂亮寶貝》的寫真月刊，專門介紹日本AV女優的一些拍片動態，裡面通常穿插了大量拍片以外的性愛告白。那種一小格一小格，看起來像是琉璃碎片萬花筒拼湊起來的錄影帶分割鏡頭，那些繽紛的情欲使得我想起長期以來，朋友間口耳相傳的，說是極為華麗極其末世救贖的一家搖頭店。等我千方百計透過各種關係潛入後，才發覺根本沒有搖頭丸這回事——任何一個傢伙比起紳士還要紳士，每一個女人也都是名媛，一致朝我微笑還說嗨。我正想說是不是誤闖神祕的宗教聚會，哪裡知道電子音樂倏的狂奏起來，所有人一瞬間晃動如癲、如快散掉的搏浪鼓！面對這一幕宛如魯賓遜漂流的孤島處境——因為現場只有我們幾個來不及嗑藥——你說，我該怎麼辦？

「我該怎麼辦？醫生。」

我雙手合十抵住下唇，瞥見他手上的那個封面寫真女郎，她的腳趾居然有一塊胎記大小的污垢，令我忍不住想伸手去摳。

「那該怎麼辦？」他的眼底有驚人的血絲。

「醫生，醫生？」

我回過神來，發覺自己的手指沾滿了口水，「你是說，對於異性，你存在著超乎常人的性衝動？」

「我也不知道，醫生，我不知道……我是不是有病啊？」那本寫真月刊又被捲成筒狀又攤平了，發自他喉嚨的顫音像背景樂。

「不要急，放輕鬆。你先深吸口氣。」

他照做了。

「不要去想任何事。」

他低下頭。

「不要看任何景象。」

他的眼睛半睜半閉，餘光掃到對過：一名男子的掌心正搭在女孩臀部，光影縱深——就這麼一下，再一下，往上推了，裙子被緩緩拉起，撩到鼠蹊部位，尖銳的笑聲分不清是愉悅還是推拒——他嚥了嚥口水。

我知道，他仍舊心猿意馬。

不過這確實有些困難——像是在搖頭舞廳裡，不是你「要不要」的問題，而是你「不得不要」——畢竟滿屋子一個個粉紅色迷你裙小可愛的兔女郎，有哪個男人不心動？

「所以說，」他說：「現在我才會對女孩子有這樣異常的想法？」

「也不能這麼說，」我說：「『一個人的行為是過去所有行為的總合』，也許我們應該追本溯源一下，挖掘一些你從小到大、從求學到出社會、從結婚到生小孩的種種片段！」

「可是，我還沒有結婚耶。」

我只是舉例啊。我瞪他一眼，整個人往後陷入沙發。

也就是這時候，一隻灰色的蝙蝠從我面前低空掠過——醜陋的鼻子與尖牙！我以為看走了眼：泡沫紅茶店居然也能夠出現這樣一隻「活生生的」蝙蝠？

又飛過來了！我下意識側過身去，它先是一個翻飛，再度折返，越飛越近、越飛越近……

「這位帥哥——」正當我被眼前的景象困住時，一名兔女郎倚在桌沿，鎖骨交會處棲伏了一只蝴蝶，亮晶晶、粉嫩嫩。

「這位帥哥，」她說：「有心事啊？」

「談談妳的第一次吧，何時、何處、何人？」

「大概是高一的時候，不算早也不算晚。最近早的人真的非常的早，最近的女生好像很早就『破』了。」

「第一次的感覺如何？」

「因為喝醉了，不太記得了耶。」

大概是很小的時候吧——就是那種什麼都不太懂的二、三歲年紀——半夜我驚醒過來，發覺爸媽都不在身旁。我慌張的環顧四周，房間角落不知什麼時候點上一盞小燈，我看見父母親，他們兩個人只穿著底褲的躺在那裡：擁抱彼此、接吻、撫摸，然後……

「然後呢？」

我的病人沒有繼續說下去，他的敘述開始變得像那個晚上被激情衝昏頭的年輕父母，那樣幽黯而紛亂：

——「我要入伍的那天早上，我父親騎著機車送我到新化的營區。一路上風很大，我和他都沒有講話，之前我們才為了他要不要陪我一起去營區而吵架。雖然彼此都沉默不語，可是我知道，我們之間的感情不是說嘔氣就嘔氣那麼簡單……結果到了營區，我準備走進去大門了，我父親這時候突然眉頭深鎖，拍拍我的肩膀說：『保重。』我看見他脖子這邊——對，就是靠近下巴的那個地方，居然和我阿公一樣生出一條一條皺皺的、像是我家巷口那棵老榕樹糾結的樹根，我激動的，傷心的哭了起來……」

——「還有一次啊，好像是小三升小四的那個暑假，我父親、我弟弟、還有我母親，我們全家一起開車到高雄拜訪我父親的一個堂哥。據我父親說，他是在高雄萬壽山上，每天讀報紙給那些忠烈祠烈士聽的大門管理員。那天在忠烈祠前，我父親、我父親的堂哥和我母親，他們幾個大人全都跑去眺望高雄港了。只有我和我弟弟，我們無視於忠烈祠的神聖莊嚴，嬉鬧的爬到拱門石柱旁的一處平台，不意卻瞥見樹叢後有一對男女，他們正在接吻……那個男的一隻手搭在女孩的胸口、一隻手探到女孩的裙底……」

——「勃起耶！我父親那天，接我回家的路上突然問我說：『那你現在會勃起了喲？』那時候，我都已經快國中畢業了啊！我很想告訴他：『小男嬰在母親的子宮裡就會勃起了啊！』」

——「還有還有，女人也會夢遺嗎？」

「等一下——」我試著打斷他，但我的病人像故障了的收音機，不斷流洩出哇啦哇啦的聲音：

——「那個女同學聽完我的解釋後，恍然大悟的對我說：『我還以為你們男生的『那個』，平常就那樣大咧……』」

——「那一次，我母親真的火了。她氣極敗壞的對我咆哮：『好，從下個禮拜起，我們家就開始訂花花公子！我會告訴你爸爸陪你一起看，免得你學壞了！』我聽了這番話，實在不知道該怎麼面對她……她從師專畢業後，就是專門教授公民與道德的老師。」

我靜靜傾聽那些跳躍的敘述，努力想找出個中真正的病因——事實上，如果光看我這個病人的外表，是完全無法將他和性幻想、性衝動聯想在一起的——他可真是個笑起來相當迷人的美男子啊。

「可是，從小到大，我從來沒有發生過『夢遺』。」

「為什麼？」我吃驚著。

「因為，全『打』掉了啊。」

「你是說，全部經由手淫的方式發洩掉了？」

「嗯。」他的表情顯得有些侷促，「因為性欲太強了，幾乎每天都想要，有時一天需要好幾次……」

「這種情況大概是從什麼時候開始的？」

「國中一年級吧，有一天洗完澡，無意間摩擦到下體……」

「都沒有想過要去召妓？」

「我有潔癖。」

「心理會產生罪惡感嗎？」

「會啊，好像自己不是正常的男人……」我的病人始終拿在手上的那本寫真月刊，那個睜著無辜大眼的封面女郎早就被揉捏得不成人形了，「聽人家說，手淫會導致失明、發育不良、記憶力衰退、注意力無法集中、體重下降、膀胱失禁、頭暈目眩、陽萎不舉、早洩白濁、功課退步，最後是——死亡，是不是？」

「沒有的事！」我反駁他：「頂多容易得到尿道感染併發精道炎罷了。」

我把手上的咖啡一飲而盡，「況且，根據現代醫學的研究，適當的手淫還有助於全身血液循環。」

「真的嗎？」我的病人不可置信的看著我。

「當然是真的，我可是醫生啊。」我說：「你剛剛說的那個情形，現在還是這個樣子嗎？」

「嗯。」

「每次都想些什麼？」

「……」

「沒關係，說。」我鼓勵他，「把心事說出來，有助於我們找出問題所在。」

「大部分都是想像自己用各式各樣的方法和女人……」

「比如呢？」

我的病人遲疑了一下，「總之，是很舒服很自在……彷彿晴空萬里，眼耳口鼻都放鬆在一片湛藍海域——被輕輕托起了，像飛，紅橙藍綠的珊瑚礁如彩虹盪漾——很美很美，會令人耽溺的那種，好像小提琴滑過優美的旋律，松香粉彈跳在琴弦之上……真的，醫生，如果你試過的話……」

「我可是一名醫生！」

「我不是那個意思……我是說……」

「好了，別說了！先不談這個，」我說：「我們來談談你是從什麼時候開始，發現性欲過強的？」

「自己的性感帶是——」

「我的性感帶（笑著交叉十指），我是耳朵啦、腋下，還有背部……」

「喜歡被怎麼弄呢？」

「當然是溫柔的做各種……舔啦、摸啦、塞啦、拉啦——（笑）」

「塞跟拉會痛的。」

「所以還是要溫柔的好。男人不溫柔是不行的。」

「拜託欸。」我的病人還沒來得及開口，胸前刺著一隻蝴蝶的兔女郎倒先搶起話來：

「拜託帥哥，人家在你這邊坐那麼久，都口渴了耶！」

「呃？」

「什麼『噁』？」兔女郎摟住我的脖子，「請人家喝一杯嘛，好不好？」

我愣住。

二百五！——兔女郎說，要點「貴一點的唷」。

這是怎麼回事？話剛到嘴邊，我的病人二話不說便在價目表上點了一杯Taquilla Bon，揮揮手說：「妳可以走了！」

這是她們的規矩。他說。

這叫「討賞」。他又說。

她們一個月必須討足五百杯，否則會被扣薪水。討得越多，身價越高，自然就是這家店的「紅牌」。

「喔，你常來？」

「也不是，只是喜歡這裡的氣氛而已。」

「什麼氣氛？」

「華麗而空洞，虛無卻真實。」

「世紀末的Y2K？」

「也許吧——醫生，你去過另外一種店嗎？」我的病人頓了頓，「比方『小蜜蜂』、『何日君再來』？你肯定無法想像，那些看似莊嚴神聖的、戰戰兢兢的決策與交易，其實都是在那樣一個地方談成的，你相信嗎？」

「像我們現在這樣？」我在心底嘀咕著。

為什麼我的病人，他非得要選擇在如斯昏亂的場所來進行心理治療呢？

看看這家店的擺設：粗糙的仿原木桌、人造皮沙發、震天價響的搖滾樂、菸味、廉價的古龍水，牆壁上貼滿的小甜甜布蘭妮、百變女郎宮雪花，甚至天花板上垂掛了那種像是同樂會時，經常拿來妝點氣氛的反光彩帶，以及小型舞池裡常見的卡拉OK……完全令人無法忍受的平庸與瑣碎！

然而我的病人卻堅持，「你永遠不知道黑暗力量的強大！」

黑暗力量？

是的，黑暗力量。男人內心底層最最黑暗的聲音。黑暗的潛在意識。看到漂亮女人想和她做愛的欲望。掀開水手服一窺究竟的欲望。強烈渴求與一名大胸部女人愛撫的欲望。恣意凝視年輕女孩小腿的欲望。好想抓一把圓潤臀部的欲望——

「那麼，這樣的欲望是後天造成的，還是先天使然呢？」我問。

「無論是先天或後天，我相信，所有的人都具有這股黑暗力量！」

「是嗎？那神佛也有嗎？我也有嗎？簡直荒謬！」我把紙筆摔到桌上，覺得這

一刻，我們的關係似乎有些主客易位了。倘若每個人都具有這類潛在的欲望，該如何判斷誰是正常、誰不正常？難道說，只是誰掩飾得好，誰壓抑不了嗎？

「也不是這麼說，醫生，我只是疑惑著，在這個世界上，難道只有我一個人不正常嗎？如果我不承認我不正常，誰有辦法判定我『不正常』？」

他是在玩繞口令嗎？

「沒有人說你不正常，我只是幫助你回溯那些生命中的歷程罷了。」我說：「你曾經像現在這樣靜下心來，檢視自己一輩子到此刻的生命片段嗎？你曾經好好看待過你所謂的『黑暗力量』嗎？如果沒有，你無需妄自菲薄！更別說自己不正常！」我斬釘截鐵道。

「那你又發現了什麼？」我的病人突然目光炯亮了起來。

「很抱歉，你還沒有回答我剛剛的問題：你從什麼時候開始發現性欲過強的？」

「……」

「然候呢？」

「……」

「你覺得這件事帶給你最大的影響是什麼？」

「……」

「如果讓你重新來過，你還會那樣做嗎？」

「……」

「……」

冗長的詢問總是無視於時間的長短而不斷延伸下去。似乎總是由一個單音、一個純粹的和弦開始，啟動了那樣過於嫺熟的、長短章交替的節奏——「為什麼」、「從什麼時候開始的」、「然後呢」——總是公式般的賦予一個主題、一系列對位的旋律，輕易的彈奏出彷彿是優美的曲子，然後由一首曲子再跳躍至另外一首曲子，然後戛然而止，起身，展臂，彎腰。

總是這樣結束了每一次的詢問。

「可是，你所面對的，不正是每個病情輕重不一的病患嗎？」

是啊，醫學所賦予我的，對於病患表白聆聽的權力，不正是一種「監督反常」、「控制肉體」的能力嗎？我和我的病患——我的正常與否又該交由誰去聆聽？

長期以來，我不就是理所當然被認定為，再「正常」不過的醫生嗎？

「談起工作上討厭的事的話，首先是早上一大早的通告，還有晚上很晚才能睡覺。另外是休息時間太少，不能不和男演員上床。」

「那麼，拍片最高興的事呢？」

「最高興的就是有個帥哥來搭配。」

「都怎麼表現呢？」

「具體的表現真情是不行的，我都是透過聲音來傳達的嘛（眨眨眼笑）。」

「覺得自己在這方面是怎樣的人？」

「我嘛（害羞地低下頭）我滿好色的……所以……（抓著頭髮）滿可恥的，但是真的，我真的滿好色的。」

「那麼，該怎麼辦才好呢？」

是啊，該怎麼辦呢？

這時候，一道暗影「刷」的飛撲下來！不知從哪裡冒出來的，全身長滿細毛的灰色蝙蝠又從我面前飛過了！

啪嗤啪嗤——尖銳的牙、細小的眼——又叫了！又翻身了！那菱形的血盆大口！

「你說話啊！回答我啊！」

像是強光驟射的夜晚，籠罩在閃電之後久久雷聲不響的恐懼——關於「性」，那日久年深的執念——第一次自慰的時候，我的腦海裡究竟浮現哪個面孔呢？第一次偷偷跑去老鼠滿地吱吱亂叫的MTV看A片的那個下午，我們班上每次都考第一名的模範生林政標也在場嗎？和初戀女友第一次接吻的當下，我勃起了嗎？我有沒有把手伸進她的內衣裡？

我心底最最渴望的性愛姿勢究竟是什麼呢？

「欸啊，我說這位帥哥，啊你是在怕什麼？」那個穿著小可愛的兔女郎又擠過來了，柔軟光滑的臀部陷落到我的大腿上——白皙的胸口、微啟的唇——然而一眨眼，臉龐卻從圓潤光潔盡成皺紋滿布！

我尖叫起來，呼嘯而過的灰色蝙蝠將我絆倒在地！

「這位帥哥，你不要躲嘛！你看你，怎麼樣？有沒有傷到『那裡』啊？」兔女郎追上來，出其不意抓住我的胯下。

「這樣，有沒有好一點？」

我注視著她不知何時變得鬆垮的下巴，堆堆疊疊的肌膚垂至頸後，頸部以下卻出奇的平滑——鎖骨交會處的蝴蝶挪動了一下、又一下——倏的凌空而起！

蝙蝠！

我大叫著，那張大嘴朝我整個人瞬忽撲下！但我來不及躲——眼前出現另一個更令人心驚的場景！那位兔女郎的小可愛裡，成群結隊跑出一枚一枚汗水淋漓的小人兒！分不清是男或女，相互擁抱的姿態宛如兩人一命！碩大的胸脯拖到腰際了，欲望還睜著眼珠不肯闔上！身軀老朽了，腦漿卻噗嘟噗嘟冒出各式新鮮的愛恨貪嗔！

「給我……」

「我要……」

「愛我……」

赤裸的那些小人兒唧唧咕咕，灰色的蝙蝠一張口，就這麼平靜了！又一吹，童身蒼顏的兔女郎轟然頹倒在地，緩緩升起一縷輕煙。

這算是一種恐怖的預示嗎？還是理論分析慣有的隱喻？摧毀「性」的歡愉來落實日常生活更遠大的理想？壓制「性」的血脈相連來見證生命變幻虛無的縹緲？對於大多數人而言，「性」是任憑欲望召喚的享樂？抑或來自欲望的結合？

「不然你以為該怎麼樣呢？」這時候，我的病人朝我叫著：「你以為醫學所賦予你的權力完全合法嗎？醫生，你難道不覺得數十年如一日的詢問很無聊嗎？」

「你究竟在每個患者身上發現了什麼？你該不會在逃避自己吧？」

「我不需要你來教訓我，」我喊起來：「你懂個屁！」

「『屁』我是不懂！可是我知道，正是由於醫學權力的增長，使得各種原本雜亂無章的生理活動產生了分別，也因此，人們才被限定在一定的年齡、一定的性別、一定的場所中發生何種行為！」

「胡說！」我可是一名堂堂留學歸國的心理諮商師啊。

我深吸口氣，放眼望去：看不見灰色蝙蝠，那個突然變老的兔女郎也一併消失了，更別說那些嘰嘰喳喳的小人兒，以及牽絲絆藤的白色汁液！

「你說話啊？其實你只是想藉由他人的病因，來印證自己的『正常』吧？」

我定定的看著我的病人，又看看四周——肯定是我太過疲累了，否則怎麼會出現那樣奇異的場景呢？

我笑著，鎮靜的笑著，「沒錯！你說得沒錯！不過，你可別忘了，你剛剛引述的那些說法——那位鼎鼎有名的外國學者——他最後可是縱欲過度、客死異鄉！」

「有些冒昧的，老實說，您對陽萎有什麼想法？」

「如果是自己的男人，當然是想救他囉，其他的男人就不知道了……所以（搗著嘴），好可憐喔……所以，我還是覺得趕快去醫院治療吧。」

「哦，那麼，可以談談自己小時候是怎樣的小孩呢？」

「小時候被鄰居稱為孩子王。」

「就是很好動很調皮搗蛋囉？」

「是啊，像小男生（笑），大家都是男生呢……」

「沒有比較好的玩伴嗎？」

「幾乎沒有。」

「為什麼？」

「太活潑了，所以只愛跟男生玩。」

準備離開的時候，我和我的病人踩著爛醉的步伐，聽見廣播裡說著一則老笑話：狼來了，是「楊桃（羊逃）」；羊來了，是「草莓（沒）」；那威而鋼來了呢？

「大概是『芭樂』（爸樂）吧。」我的病人斜靠在我的肩上，打著酒嗝說。

嘿嘿，真是有失身分吶。我說。我可是一名堂堂留學歸國的心理諮商師啊……

「得了吧！」我的病人像是清醒又像是暈眩的，突然毫無預警的拿起手中的啤酒罐朝我扔過來，「得了吧你！你這個下流的傢伙！你這個披了醫學外衣、欲望強大的偷窺狂！」

「喂？」我怔忡的，不知該以哪號表情面對他，最終和他扭打成一團。

是啊！的的確確，我的的確確是個多麼害怕被揭穿真面目的偽君子啊，我多麼害怕正視自己內心的欲望啊！

如果說，每個人靈魂深處都有一個最不為人知、最原始的小孩，那麼，我心底的「它」將會是何種面貌？

然而，就算走了那麼遠之後，當我和我的病人跪在電線桿旁嘔吐時，我仍舊可以聽見那些兔女郎竊竊私語：

「好奇怪喲！那個人……」

「每天都來啊？」

「就是說啊，可是每次都是一個人這樣自言自語啊，也不知道在跟誰說話……」

「今天還算好的咧，之前更誇張……」

「簡直是變態嘛！」

這時候，灰色蝙蝠挾持著那些小人兒撲上來了！

我稍微遲疑了一下，回過頭去，凝視著那些五顏六色的霓虹街頭，笑起來，然後兀自跌跌撞撞的，試圖牽引著自己身後的影子，開始跑——

第十五張床

將來，有一天

我想起了那個草綠色書包。

那個草綠色書包就掛在她的背上，像一個沉甸甸的殼，或者像一束沉甸甸的矮灌木，使她看起來像株隨時需要喝水的植物。

植物都需要水的，不是嗎？

「不一定唷，仙人掌的話，夏天一個月澆兩次水，每次不要超過5 cc，如果是冬天的話……」女孩說，她說話的樣子也像一株茂盛的植物，只是植物不會說話而已。

植物真的不會說話嗎？

不知道為什麼，我竟在這個時間點想起她。

她第一天到我們班上的時候，頭低低的，臉上看不出是高興還是不高興。

美麗老師向我們介紹說：「這位是小C，從別的學校轉過來的，各位小朋友，讓我們用『愛的鼓勵』來拍手歡迎她，好不好啊？」

我聽見全班響起一陣鼓掌聲，有人在竊竊私語。

美麗老師又說：「大家應該都知道這一次，台灣發生了很大很大的大地震對不對？有很多房子都倒了對不對？」

「小C就是從地震災區轉過來的，以後大家要多多關心她、和她好好相處，知道嗎？」

然後，我的眼前突然出現一大片草綠色，只聽見美麗老師說：「童丁丁，要好好照顧新同學，知道嗎？」

那時候，我心底很緊張，因為我沒有弟弟也沒有妹妹，更沒有哥哥和姊姊——從以前到現在，我就是一個人生活著。

那天中午，大家一起吃義大利醬麵，可是小C她卻一個人站在教室外。

討厭鬼美環他們交頭接耳說，她是不是不喜歡我們啊，所以才不和我們一起吃飯？喜歡打小報告的潘慧之說，才不是咧，她是從地震災區來的小朋友，所以要住在帳篷裡才想吃飯！

倒是莉莉鍾嘆了口氣說，她看起來好可憐，好像在想家的樣子。

這時候，美麗老師走過來，問她為什麼不進去和大家一起吃飯？她頭低低的，聲音很細很細的說：「我還沒有繳營養午餐費……不好意思……」

美麗老師笑著拍拍她的肩膀說：「沒關係啊，妳還是可以和大家一起用餐啊。」

不過她好像很堅持，眼睛一直看著地上。於是美麗老師牽著她離開我們的視線，消失在走廊的轉角底。

那時候，我側著頭，望著她留在椅子上的草綠色書包，覺得它好像是父親種在陽台上的小圓柏盆栽——肥肥胖胖的，上面還有一些我當時看不懂的字。

回家的路上，我跟莉莉鍾提起這件事。

莉莉鍾咬著紅豆餅說：「她的書包怎麼樣？」

「她的書包好大一個啊，裡面好像裝了很多很多的東西……」

「我們每個人的書包也都很大啊。」

「可是沒有她的那麼大，而且她的書包還是草綠色的！」

「那有什麼好奇怪的？你書包上的酷斯拉貼紙也是草綠色的啊？」

「亂講，是螢光色！螢光草綠色！」

那時候我真的很著迷酷斯拉呢。大概酷斯拉也是「一個人」吧，一個人很寂寞很寂寞的抵抗著別人對牠指指點點。

「好啦、好啦，跟你開玩笑的！」莉莉鍾咬了一口紅豆餅說：「你有沒有問她，書包裝的是什麼東西？」

「沒有。她看起來好嚴肅。」

「可能因為今天是她第一天和我們一起上課吧？」

「也可能是因為，她今天晚上沒有辦法繼續睡在帳篷裡了。」我說。

「還是她太想念以前的同學也說不定。」

「莉莉。」

「什麼事？」

「妳有沒有去過白河？」

「什麼地方？你說宜蘭的冬山河嗎？」

「不是啦！」我揮著手，「是她今天告訴我的，她說她以前住在白河，她是從白河鎮來的。」

「哦——」莉莉鍾又低頭咬了一口紅豆餅說：「好特別喲，白河——不知道白河在哪耶？」

第二天上寫生課的時候，美麗老師帶我們到植物園畫畫。

她還是背著那個草綠色書包，臉上還是戴著厚厚大大的眼鏡，看得出來很高興的樣子。

我們圍在植物園裡的大池塘邊畫畫，她的圖畫得很好，那些花啊草的都被她畫得很像。

我說：「妳把蓮花畫得真美。」

她聽了糾正我說，荷花和蓮花是不一樣的東西，因為蓮花是不會浮在水面上的。

「它會探出水面來。」她說。然後她從草綠色書包裡，小心翼翼的捧出一朵植物來。

我嚇了一跳！以為她在變魔術——因為她的書包居然可以裝得下這麼一大朵花！

我張大了嘴，看著一小顆一小顆水珠在透明花瓣和葉子之間滑來滑去。

這就是蓮花。她說。

我輕輕撫摸著那朵被她叫作「蓮花」的植物，它似乎會動，水珠落到我的手心上冰冰涼涼的，花瓣輕輕搔著我的掌紋，像媽媽搔著我的背。我把鼻子湊上去聞了聞，一股清爽的像抹茶冰棒那樣的氣味飄散著。

「為什麼……妳的書包裡會放著一朵蓮花？」我還是覺得很不可思議，「而且，為什麼它都不會被折到？」

她沒說什麼，在我手中塞了幾顆彈珠，它們在太陽底下閃閃發光，同樣散發著一股清爽的氣味，就像剛剛那朵蓮花一樣。

「不要告訴別人喲。」她小聲的對我說：「不要告訴別人，好嗎？」

我向她點了點頭。

結果隔天早自習，我才剛踏進教室門口，就看見自己的位子被討厭鬼美環、潘慧之占據著。

他們七嘴八舌圍住她：為什麼草綠色書包可以放那麼多好吃好玩的東西？有炫光飛碟球第三代、最ㄅㄧㄤˋ的泰山威力卡、最新一批上市的口袋寶貝貼紙，還有生物課說過的蝴蝶蘭、ｍ＆ｍ巧克力……

她沒有說話，小小的臉龐低低的，似乎不太舒服的樣子。

我跑過去，把一群人推開，生氣的問他們：「這些消息你們都是從哪裡聽來的？」

討厭鬼美環說是潘慧之告訴她的，潘慧之則說是喵喵告訴她的，喵喵則很委屈的說是小胖昨天打電話到她家裡——最後箭頭落在五香乖乖身上，她怯怯的說，昨天在回家的路上遇見了莉莉鍾……

這時候，美麗老師來了，我們趕快回到座位上坐好，假裝很認真的寫作業。

我偷偷瞄了她一眼，她的臉色非常蒼白，眼睛濕濕的。我心裡有些擔心。

「莉莉，妳怎麼可以這樣？我們昨天不是說好了嗎？」我有些生氣的問——昨天我告訴過莉莉：不可以把這件事告訴別人啊。

「我也沒有那個意思……」莉莉結結巴巴的說：「我昨天路上剛好碰到五香乖乖，她問我為什麼這麼晚了還沒有回家，我一不小心就……」

我用力跺了一下腳。

她連忙伸手阻止我們兩個，勉強的微笑著勸我們不要吵架。她說，她其實沒有不高興，只是肚子痛而已。

我趕緊舉手告訴美麗老師。老師走到她的座位旁，把手心放在她的額頭上，叫起來：「啊，妳發燒了！」然後帶著她走向保健室。

第三堂作文課快下課時，美麗老師突然出現在教室門口，要我把她的草綠色書包拿到保健室。

這時候我才注意到，她的草綠色書包還放在座位上。我趕緊拎著草綠色書包，跟在美麗老師後頭跑出去。

我原本以為她的書包會很重，可是拎在手上卻很輕，輕得好像裡頭什麼東西都沒有……我不由得低下頭去看了它一眼，那上頭還綁了一條黃絲帶。

我很想去掀開它，看看書包裡還有什麼好玩的東西？

「欸，童丁丁，你在這裡等一下，老師進去辦公室拿一下鑰匙，馬上就出來，不要亂跑知道嗎？」經過辦公室的時候，美麗老師這麼對我說。

我靠著那根粗粗的柱子，操場上的雲朵看起來涼涼的，好像是柔軟的雪花冰。我站在那裡，看天上的雲朵一下子變成白雪公主、一下子變成大麥町，就連神奇寶貝皮卡丘也在向我招手。

我站著站著無聊起來，一個人開始摸起那個草綠色書包上的金色釦子——亮晶晶的釦子，像一雙亮晶晶的眼睛，眨啊眨的，然後一個不小心，啪的被我打開來——

「你在做什麼？」這時候，美麗老師從背後拍拍我的肩膀說：「我們該走囉。」

第二天上課，她沒有來。

我望著身旁空盪盪的位子，心底好像被重重打了一拳。雖然它還是和之前一樣，但總覺得它好像在對我作無言的抗議，是我害她沒辦法來上課。

結果第三天她還是沒有來上課。第四天還是一樣。第五天……我突然很想哭，覺得自己做錯了很多事。

那天放學回家的路上，我沒有和往常那樣，一起和莉莉鍾走在人行道，我們各自走各自的路。

胖婆婆的紅豆餅香味依舊在老遠的街角就可以聞得到，可是我和莉莉鍾都沒有心情去買來吃。

我們安靜走著，好像有一種感覺，好像她從此不會來上課了……

「欸，莉莉。」

「怎樣？」

「那個……彈珠怎麼玩啊？」

「我不知道耶。我爸爸好像有說過……」

「什麼？」

「哎啊……我也不知道啊！」

——關於彈珠的玩法，其實有很多種，其中最常見的是「進五洞」。遊戲的方法是先在地上挖五個洞——有出世洞、中洞、左洞、右洞、上洞，記得要將它們排成十字列。然後每個人的彈珠必須先從出世洞開始，依序進入中洞、左洞、右洞、上洞，然後最後再回到出世洞，這樣就算「輪迴」一次，也就是「小鬼」。小鬼當然可以變成大鬼，只要輪迴的次數越多，彈珠的級數也就越高，凡是被級數較高的彈珠打中三次的人，就算出局，彈珠也會成為其他人的「戰利品」。

——另外一種彈珠的玩法，是先在地上畫一個圓圈，參加的人各自拿出兩個彈珠來放在圓圈裡。然後每一個人用他自己的彈珠朝圓圈裡打，只要自己的彈珠沒有被困在圓圈裡，那麼其他被打出去的彈珠，都可以歸他所有。

「可是，為什麼要贏那麼多彈珠呢？彈珠用買的不就有了嗎？」

我對著那個背著草綠色書包的小女孩說：「而且，媽咪說不可以在地上玩，否則手髒髒的，很容易得腸病毒！」

「哦，」她點點頭，「那你一定也沒有在地上烤過番薯囉？」

「烤番薯？」我歪著頭，「像便利商店裡賣的那種東西嗎？」

「蘋果樹你也沒看過吧？」

我搖搖頭，心想，蘋果居然是長在樹上的？

「還有，你和小雞、小鴨玩過嗎？」

「你坐過牛車嗎？」

「你曾經因為養蠶偷摘桑葉而被打嗎？」

「你曾經在太陽底下的田埂上奔跑嗎？」

「你曾經剝龍眼乾，用那些賺來的錢買冰棒嗎？」

「你曾經躺在乾涸的蓮花田裡，任由小狗舔你的臉——」

穿著制服的小女孩朝我淺淺笑了笑，伸手到她的草綠色書包裡拿出一顆上面還沾著泥土、像馬鈴薯一樣的東西。

她拍了拍上面的泥土說：「這就是烤番薯！」

然後，像是變魔術那樣的，她陸陸續續從草綠色書包裡拿出她剛剛說過的那些東西：包括一棵結滿蘋果的蘋果樹、嘰嘰喳喳的幾隻小雞、呱呱呱的小鴨、還有一群五顏六色的蝴蝶、一枝冰棒、一隻小狗、一堆龍眼乾⋯⋯

我張大了眼，看著小女孩最後把一朵高大的花小心翼翼捧出來，然後又從書包裡拿出一瓶礦泉水來，咕嘟咕嘟澆在我面前的那朵花上，又一小口一小口喝著。

肯定是個夢吧。我喃喃自語的說。

「不是哦，」小女孩打斷我的思緒，「這一切都是真的！是千真萬確的事！」

她說，如果你靜靜的躺在泥土上，你會聽見池塘裡的蓮花也會唱歌，而大樹底下的小草最愛吵架了——如果你摸著樹幹，你會發現樹幹有時候悲傷、有時候快樂，風從遠方來的時候，我們的童年都刻在樹洞周圍——

「可是，」我指了指那棵蘋果樹、還有那些小雞小鴨，「為什麼妳的書包裡，裝得下這些奇奇怪怪的東西呢？為什麼妳要什麼就有什麼？」

「我就知道，」小女孩笑了笑，「你早就對我的書包很好奇了，對不對？」

聖誕快樂
900
Ken
2000
2.13
NO.1

可是，她說，「你看看這裡面，黑漆漆的，什麼都沒有！」

「你看！」她說：「你再往下看，有沒有？」

「你有沒有看見我的制服？是別人穿過的舊衣服！」

「我的褲子，是足足大了一號的褲子！」

「還有我的鞋子，是舊舊髒髒的老牌子！」

「我全身上下穿的、用的東西，都是舊的！都是一些我不喜歡的東西！」

「可是，妳要有什麼就有什麼啊！」我忍不住對她說。

那是因為——小女孩低下頭去，微笑著把書包背到身後。

「什麼？」

這時候，遠方的風從我們眼前吹過來了。

在我們腳下，小草開始搖曳，兩旁的樹葉也嘩嘩笑了起來。

天空很藍很藍，草地像是剛曬過的地毯，又香又軟。

小女孩迎著風，展開雙手，把我從地上拉起，飄浮在半空中，穿過秋天的新光三越、穿過紅色的大稻埕、穿過發光的大海墜入最深的海洋……我們穿過龜山島看見海；我們站在花蓮的七星潭上用力吶喊；我們看見煙囪前種著高麗菜、砂石遍佈山谷……

我們不斷飛啊飛，看見她口中的白河，鎮上盛開的蓮花繽紛奪目——我和她，我們在無人的大操場上互相追逐著、笑著，淡金色的陽光溫暖的把我們曬成兩條魚，我和她的臉龐充滿了小小的光——光線把她的側影暈染成一道明亮的弧線……恍恍惚惚中，又回到了此時此刻。此時此刻，我和她坐在育幼院裡，有人在台上講話，一旁的牧師微笑的看著我們。

「所以啊，將來，各位啊，都能夠直接到市政府來玩——甚至有機會的話，各位將來也能夠到市政府來為全國人民服務，做個有用的人……」

這時候，她用手肘撞了撞我，「專心一點！」

我和她四目相對的笑了笑，彷彿這是我們這個下午唯一的、共通的一個小祕密。

然後，我輕聲的問她：「老實說，妳將來最想做什麼？」

「我啊？」她抿了一下唇，看看自己手上的那個鞋盒說：「我最想做的，就是擁有一雙新鞋！」

什麼？

她說，因為有了新鞋子，就可以去找爸爸媽媽！就可以愛去哪裡就去哪裡！甚至可以跑得比地震還快！

她說，這樣就可以不必住在育幼院裡了！可以不必經常轉學、換新環境！不會再害怕和新同學講話……有了新鞋子，她咬了咬指甲說，我就可以和其他同學一起去打籃球，一起參加馬拉松比賽，一起在體育課的時候跑第一名……

「可是，妳有草綠色書包啊？妳要有什麼就有什麼啊！」我說。

她沒有答話，朝我笑了笑。

似乎從很遠很遠的地方有低低低的聲音傳來——樹葉說著悄悄話，風在我們髮梢間輕笑。大片大片的雲朵被拉長成棉花糖那樣，整個世界飄浮在一片透明的大海底——我和她泅泳著，散落的橄欖葉有乾淨的香味，鯨豚紛紛飛躍出海面——我們看見、聽見、碰見那樣許許多多的，關於世界最溫柔、最嘹亮的笑聲……然而我不免一驚，此時此刻，我不正是躺在一個烏漆抹黑的小旅館裡，躺在這張小小窄窄的床上，靜靜的面對即將來臨的一切，靜靜的看著女孩把帽子脫下，把背在背後的那個包包卸下……

為什麼，為什麼我突然想起了她呢？

為什麼，為什麼我分心了？即將來臨的一切不是正召喚著我嗎？不是正光芒萬丈的掩蓋了事事物物？

然而，我還是聽見有誰在那裡輕輕的，輕輕的說：

「將來，有一天——」

「將來——」

第十六張床

我們哪裡也去不成

他們在這個噴水池圓環究竟繞了多久，連她自己也不清楚。

只知道她身旁的那個男人噴著很重的香水，一面打量著圓環，一面問：「賴打有否？」

開車的下巴尖尖朝前點了點。

「唷——」男人叫起來，「有豬肉乾、有魷魚鬚——還有『不讓你睡』！」

「你想吃可以吃。」開車的瞥了一眼紅綠燈。

「要呷不呷我自己會呷！——這是什麼？」男人打量起一柄鋼嵌折刀。

「小心——」

「是要小心！」男人朝外吐口痰，「整天做路做得歪擱七扯，不輸ㄅㄆㄈ咧！」

開車的與她都往內一縮。

「驚啥？」男人側過頭，「啊你是外省的？」

她搖搖頭，又點點頭。

「沒在問妳——」男人且瞪開車的，「你為什麼不講台語？」

車子又一跳。男人順勢推開刀，錚鏦的撞擊令人耳孔尖緊，「你買這要做啥？」

「不知道……」

「不豬道——豬八戒是笨死還是胖死？你買這到底要做啥？」

「求生……」開車的聲音顫抖，「野外求生。」

「不讓你睡！」男人興奮的拍打車窗，「現此時真正要靠自己求生！」

男人朝她逼近，「妳——你們倆個平常時都怎樣相愛？」

「就是愛……愛……」開車的低低道：「這位大哥……」

「沒在問你！」

一個閃神，險些撞上對過來車。開車的沒作聲，耳孔又是一緊，又是尖銳的錚鏦。

「有利咧。」男人來回甩著刀，「恁倆個，這麼透早是要去哪？」

說完，男人盯著刀刃看了半晌。

「你剛才……」開車的煞住嘴。

「剛才怎麼樣？」男人怔怔的，「啊現在是要去哪裡？」

「你剛才說要繞圓環。」

「喔，對喔，圓環。」男人揉揉額角，「她住在圓環那邊。」

天空依舊灰濛濛、冰藍藍，水氣橫陳，她知道再往北是火車站，再往南是公園

——上回他在公園摘了一朵桔梗，說要送給她——細碎的雲像細碎的記憶，也像返家時束然抽空的黑，只剩下細碎的聲音，細碎的被撕毀的字條，奇怪的是，她居然想不起來他最後穿什麼衣服？也許不是白，而是藍，或者灰——她覺得頭有點痛，想必是風一直灌進來的緣故。

玻璃窗故障了，從半升半降的窗面望出去，天色一半暗藍一半淺藍，也恰是如此，才讓男人能夠輕易的從外扳動把手闖進來吧。

早知道就不亂搭便車了，原本是要離開這裡的啊，她想，結果搞到現在還在這裡繞圈圈。

「小心啦！」開車的險些撞上護欄，男人邊嚷邊拆開口香糖，「來啦，呷一片啦。」

開車的搖搖頭——倏的，眼前閃過一團黑影。

「你——瘠狗啊。」男人回過頭，望遠去的身形沒入恍恍惚惚的紫藍底。「狗仔，是小狗狗啊——」男人吁口氣，「你技術不錯。」

開車的有些得意，但隨即苦著一張臉。

「笑一下啦！恁老師，這怎麼會這麼涼——」男人咂咂嘴，「你開車的技術不錯吶。」

開車的說：「大哥，我是要去找阮查某囡……」

「我要找賴打。」男人吞了吞口水，「你足愛睏是否？」

開車的點點頭，又搖搖頭。

「恁一定足愛睏！」男人摸出豬肉乾，「以前我爸在送貨也很愛睏，常常開車開到快要睏去……」

「那時候，路裡暗暝濛，不過我不敢叫伊，怕他要念：要好好的讀冊，以後才不會……」

「你可以吃別的。」

「要呷不呷不用你管！」男人湊過來，惹得車子喇叭聲大作。

「講正經的，你買這支刀到底要做什麼？」男人側身橫壓在她的腿上，她先是嚇得想要尖叫，但很快就發現對方好輕好輕。

「啊？這刀——這——恁老師咧，這刀哪會這麼利？」男人急道：「有OK繃有否？」

乒乒乓乓翻找置物櫃，翻著翻著想起什麼的，男人問：「賴打，賴打有沒有？」

「為什麼常常找不到賴打？」男人氣喘吁吁，臉上一痕一痕。

是血嗎？開車的不確定。

天光還是稀薄得很，路燈下塵煙飛升，金黃的，魚白的，這樣一直一直繞下去，會有人發現哪裡不對勁嗎？

灰藍的光度捅在灰藍底，像蛇，彎彎曲曲，惹她輕呼。

「啊你是在睏喔？」男人奮力扳住方向盤，「你要休一下要嘸？」

開車的覺得，自己這輩子做什麼決定似乎都出錯。

「真正沒賴打？」男人問，猶不死心的翻著置物櫃，突然面向她說：「妳，妳在做啥？」

男人直直看著她。她怯怯從臀後摸出一只打火機。男人眼睛一亮，「妳帶賴打做啥？」他是個喜歡追根究柢的男人，眼睛不時鼓得又圓又亮，讓她想起丈夫暗紫色的面孔。

「前面，前面放我下來。」男人說：「我去一下那個公園。」

風很大，吹得開車的與她的額髮飈飛，好似意氣風發的兩個人正準備出遊。反倒是男人漸行漸遠的背影極為細長，有一片刻矮灌木間有什麼東西閃了一下？

他們盯住那點，動也不敢動。

「喂，」她突然擠出這句話：「還不走？」

開車的沒回應，注視著男人與樹蔭。樹蔭微微晃動，先是淡漠的一線冰綠，緊接著深綠的墨黑的極藍的影子潑跳，如潑跳的群魚，隨即退去，又隨即潑跳——

「走啦，走啦。」

「走去哪？」開車的面無表情望向遠方，「鑰匙都被拔去了，還有身分證……」

「叫警察啊。」她的視線同樣沒離開那排矮灌木，「你剛剛不是說要去找誰？」

「不必妳管！」開車的吁口氣，嚇彼此一跳。

她討厭開車的這麼情緒化。小家子氣嘛。跟丈夫一樣，為什麼就是不肯出去看看這個世界呢？外面的天空多麼藍啊，一如染色時光，那時候她們喜歡植物染劑比藥劑染劑更多一點，喜歡苦楝比山麻黃更多一點，畢竟花開富貴啊。

她握住車門把，突然聽見悠長的，尖細的像孩子似的哭聲。

「別動，他回來了。」開車的說。

「恁老師咧，這麼熱！」男人坐進車內大口大口喘氣。她聞到一股奇特的氣味。

「你們兩個怎麼不走？」男人笑。

光度細碎，他們三個額上且暗且亮。視線裡，幾朵阿勃勒吊著成串的花。「外來種啊。」她想起丈夫每每這麼感嘆──想必還沒醒吧，否則她的電話怎麼沒響？等到丈夫醒來，發現身旁空無一人，他會怎麼想？

「了然啊。」男人顫巍巍將打火機扔出車外，「現在要去哪？」

「你……的手在流血啊？」開車的問。

「作你行！」

開車的催油門走經圓環、商圈、補習街，轉入小徑前，男人下車在路邊吐了好一半晌，不時露出腰間繫著的東西──是槍嗎？

「歹勢，講來就來……」男人白著一張臉。她抽衛生紙遞給對方。

「妳不錯，妳會有福報。」男人說著，下巴且垂掛淚水與汗水。伸手去扭廣播，卻禁不住發顫，顫著顫著像要把自己抖掉那樣──開車的想起離家出走的妻同樣有此症狀──冷不防，男人以頭猛撞眼前置物櫃，嘴裡發嗚嗚嘶吼。她嚇壞了，緊緊抓著開車的衣襬……開車的則是想起妻的紅眼睛……為什麼妻會變成如此呢？

車行至另一個公園前，幾名警察站在路口指揮交通。數人牽白色紼神情哀戚，低頭而行。行經眼前的靈車烏黑發亮，亮的是開車的車燈，它們映在靈車上像兩盞孤單且不合時宜的暗號，開車的連忙將燈關掉。矮個子的那個警察好似察覺到什麼，猛朝他們這邊瞧，終究沒吹哨子也沒舉起手。直到靈車遠遠落在後頭，開車的這才鬆口氣——可是，他們不正期待警方出現嗎？為什麼緊張起來？開車的想起女兒憨笑的表情，至於她則是想到了丈夫的金牙。

如果不是遇到男人，他們會去哪裡呢？

「歹勢。」男人兩眼呆滯，深吸口氣，「講來就來，這症頭發起來真害。」她還捏著開車的手。

「有驚到沒？」男人眼睫低低的。

「咁無？政府講要限制財團——咁無？食品攏是假——咁無——」廣播電台斷斷續續。

「沒怎樣。遇到幾個警察……」開車的說。

「叫鬼拿藥，教百姓要怎樣生活？」電台女聲說。

「指揮交通而已。」開車的說。

「來來來，這罐給它吞下保證沒代誌……」電台繼續說。

「他說的是真的。」她說。

男人關掉廣播。「為什麼咱要聽他們在那裡罵罵嚎？」男人捏捏後頸，「為什麼有人靠嘴就可以賺錢？」

「不是我轉的。」開車的說：「我沒在聽這個節目。」

男人迫近開車的，「不然是誰轉的？」

「講正經的，你剛才是不是在想，這下好了，這下可以走了？」男人突然氣力十足的揚聲道：「這節目是我轉的嘛？」

開車的覺到鬢角濕冷，金屬不斷尖刺的壓迫感。

「是嘛，不是我轉的嘛？」男人笑，「你啊，最好是這樣沒要沒緊！」

開車的被戳了那麼一下，想是流血了，否則怎麼會聞到陣陣鐵鏽味呢？

「等一下過陸橋第一個路口，在那間便利商店停下來。」男人摸著凹陷的雙頰，「還是停頭前較好？」

她白著一張臉，靜靜聽男人下車走遠，她試著側過頭，瞥見男人臨行前回頭望車子這邊許久許久，表情似笑非笑。他究竟打算做什麼呢？開車的與她都沒說話，只聽見故障車窗發出機括鬆弛的嗡嗡嗡，聽在耳邊營營的。「妳不要動，很痛！」開車的與她反綁在後座。繩子顯然是剛剛從公園裡找來的，導致兩個人腕口淨是青草味——這一次，男人顯然更不放心他們。

「他會不會……」她以氣音說：「殺了我們？」

「殺我們幹什麼？他沒理由殺我們。」

「因為我們看到他的臉啊——電視劇不是都這樣演的嗎？」
「想太多！妳們女人就是喜歡胡思亂想！」開車的盯著後座門把，那裡沾上一塊紅斑點，「他憑什麼殺我們？」
「你剛剛說你要找誰？」她問。
「妳怎麼老是在問這個問題？」
「聊聊而已。說不定待會我們會死。」她的聲音暗下去。
「不可能！他不是說結束後，就讓我們好好睡一覺嗎？」
「是啊，死了就永遠不必醒過來了。」
「妳再講！」開車的掙扎著，「我還沒找到我老婆！」
「我正要離開我老公——所以，我會死嗎？」她反握住開車的手。
「為什麼妳們女人就是不肯乖乖待在家裡？」
「沒辦法，我不想一輩子看不到天空。」
「天空？那妳現在看到了，結果呢？」
「我只看到車頂，灰濛濛的——你的車怎麼這麼舊！」她沒好氣。
「要不是看在妳和我老婆同鄉，我現在就叫妳下車！」
「不必你趕，我巴不得走——」

多麼像她與丈夫的爭吵！她同樣看到了另一塊紅色斑點……她想起丈夫的紅眼睛，不由氣急攻心，「反正，你們男人都一樣！婚前當個寶，婚後當枝草——吃裡扒外！」她揣度著丈夫醒來後，照例粗嘎漱痰，而她已經抵達桃園機場了——回想當初，連個像樣的蜜月旅行也沒有！

「都怪你的車……」她忘了她其實並不怎麼認識眼前這個開車的，「你怎麼不好好檢查呢？」

「妳還敢說？要不是妳把車窗搖下來……」開車的又聽見那尖細的悠長的，孩子似的哭聲。聲音響徹巷口，使他們兩人不約而同的害怕起來。

啪一聲，男人打開車門嚷：「熱熱熱！」只見他衣領潔白、西裝褲蓬鬆，唯獨衣襬上染了一抹暗紅——「看啥？」男人問：「剛才恁兩個在看啥？」

「我什麼都沒看。」開車的轉轉手腕，腕口紅腫。

「妳咧？妳看到啥？」男人的食指不知何時包上了衛生紙。

她看看開車的，等他解圍。

「免看啦，妳講，妳看到啥？」男人說。

「我沒看見什麼。」

「那妳眼睛怎麼紅紅的？」男人靠得好近好近，她聞見汗與菸混合的臭味。

「我眼睛本來就紅。」

「算啦算啦——啊我們現在要去哪裡？」男人別過臉，望車外街景。

開車的順著原路回噴水圓環，瞥見男人抖腿抖得厲害，一副坐不住的調調。他發現似乎只要一從外面回到車內，男人就顯得格外激動——會殺了他們嗎？開車的想，忽然聽見她嚥了嚥口水，一時間三人無語，倒是開車的打破沉默，「中晝了啊。」

男人問：「要雞腿還是排骨？」開車的與她都沒出聲。

便當店老闆朝這邊瞧一眼，又去挾這挾那。那老闆看著也有些便當臉了，都是四四方方的形狀！開車的想，說不定他自己也就是開車的臉，又直又長！他想起娶妻後依舊是三餐便當，惹母親頻頻責備，「不驚虎，只驚痟查某！」其實也就是個便當啊，開車的到現在還是搞不懂為什麼母親要這麼在意？

「咁是？」男人嚼排骨滋滋有聲，「我是感覺，賴打較像人生，有大支也有細支，不管大細支，總有火乏的一天——啊你怎不呷？」

開車的搖搖頭，望雞腿心生哀傷：說不定這是最後一餐啊。早知道就該聽母親的勸再娶一個，或者，中途不該多管閒事載女人一趟，原本一切都進行得很順利不是嗎？原本他和妻，他和女兒，他們全像此時此刻拂在臉上的風，乾燥但密實、冰涼但平靜，怎麼後來會從公園裡消失得無影無蹤呢？開車的心想，被遺棄了，他被妻子和女兒遠遠拋在腦後了，而現在去哪裡找他們？

「大哥，我想我太太……」開車的顫抖起來，「伊擱在等我。」

「欸，我不是講過，代誌辦完……」沒等男人說完，開車的道：「我要找我太太……」

「你這是在做啥？」男人把便當闔上，直直瞪開車的。

「我太太在等我……」

「我在這，知否？我在這！」男人轉向她，「妳尪也在等妳？」

她搖搖頭，並不那麼緊張的。

開車的又繞到公園旁。天空很藍很乾淨，偶爾跌落幾朵白色的花如墜落白色的眠夢——冷不防，開車的被叫醒：「喂！喂！睡著啦？」她說：「你剛剛……你真的要去找你太太？」恍恍惚惚中，一列火車不知道從哪裡冒出來的，喀登喀登呼嘯而過，呼嘯而過的火車闖進開車的夢底，他帶著妻和女兒抵達夢與現實的渡口——實在太吵了，以致男人返回車內時，他們兩個猶不自知。

「奇怪，找沒人？」男人皺眉，「是跑去哪裡？」男人在駕駛座上喃喃自語，未理會平躺在車後座的兩個人，「為什麼這麼愛胡亂走？」

又一朵雪白的花落下來。「欸，你們都是怎樣相愛？恁老師咧，就是要我這樣找！伊才會爽勢是嘿？」男人自問自答，瞪身後的兩人好一半晌，轉鑰匙發動車子。

先是一陣劇烈的震動，熄火，再震動，隨後即是偶爾的起伏。開車的覺到頭頂涼刺刺，黏膩的像擠牙膏那樣緩緩流經腦後，想是撞上前座腳架而流血了吧？但他還來不及叫，她的尖嗓已蓋過疼痛——男人確實像他所說，不太會開車——開車的望瞬逝之街景、路標，所有風景都被有限的視野截斷成細長的屋頂或電線桿，無從判斷男人打算往哪裡去？有一片刻湧現極其疲倦的念頭……又一震！她的背撞過來，廣播裡那個女聲斷斷續續：「……即將在噴水池圓環集合遊行……祝全天下母親母親節快樂！」

「大哥大哥……」開車的緊張起來，連同她的背也靠得更近更近。他們倆背對背，像背對背睡得極親愛的戀人——夜裡的妻一臉童騃，一點也不像白晝時的暴躁。開車的就這麼怔怔注視著妻透亮的肩頸，注視著自己曾被燒傷的雙腿。屋外淅瀝大雨叮咚敲打鐵皮屋頂，那一刻，他又害怕又感激，感激老天爺還願意賜給他一個妻。他敲敲菸盒，點燃香菸，讓綿密的菸味貼附於身，於頭髮，於房間裡的他們，安靜回想這些年來之種種。

開車的似乎聽見男人的哭聲。

「大哥……」開車的試著緩和男人的情緒，惹她捏了捏他的手心。

隔了許久，車子倏的停了下來。開車的但聞草腥味，但聽鳥鳴，揣想是否身處觀光景點？正要問，窗外景色瞬忽遞嬗，且往前行，固定的那個點轉了又轉，看來看去都是電線桿和招牌——男人為什麼一直繞著圈呢？開車的望著那空白的天空，還有門把上的暗紅……會不會他們哪裡也去不成呢？永遠的繞圈圈、永遠的徒勞無功、永遠的失落……最終，冰綠的景色停留了很久很久，沉默中，開車的與她皆聽見沉重的窸窸窣窣的樹蔭律動，也就是沉重的暗影來回擺盪著……

「喂，還不走？」她朝開車的嚷著：「走啦，報警啊。」

開車的不置可否，摸摸手腕發紅的痕跡，直直望向那波光粼粼的海面。

這時候，他們其實已經看不太見男人的背影了，那背影看來既孤單又決絕，大有下定決心的情緒——妻是不是也下了這樣的決心呢？開車的想著。她也想著，丈夫已經醒了嗎？怎麼沒有打電話給她？

冷不防，海灘上的那個男人轉過身來，深深朝這邊一鞠躬。

遙遠的樹與天的交界閃爍著：水氣與地氣蒸騰，夏日於是有了明確的重量，壓得開車的汗水直流，說不上來是失落或煩躁，只想好好找個地方躺下來睡個覺——

會不會今早發生的一切，只不過是夏季恆常可見的海市蜃樓呢？然而，駕駛座上擱著的針筒靜靜透散出並不起眼的光，像妻後來不時透露的眼神。

也就是這時候，「砰！」模模糊糊的，好似遠方一枚氣球破了抑或沙包被重重一擊，開車的聽見沉悶而響亮的爆裂聲。

他們不約而同的側過頭去，想起男人剛剛說的：「說不定，人生在世就是一直在繞圈圈，誰知道呢？」

「畢竟，我們可是活在一個不折不扣的島上啊。」

「砰！」又一聲——開車的心想，要是有槍，他會怎麼辦？要是有槍，他要把槍口對向別人或自己？至於她，她無從理解，為什麼男人總是要打打殺殺？為什麼不能多用點心？

他們一同注視著那不斷不斷晃動的樹影，赫然發現臉上並沒有一絲風。從口袋裡，他們分別掏出一只打火機，還有一只打火機，還有一只打火機，還有一只一只一只……他們聽見有誰在那裡低低的說：

「我只是要找賴打而已。」

第十七張床

關於作夢的N種方式

一．作威作福，將計就計

那天，食夢貘阿寶來找我，問我說：「為什麼都不好好睡覺？為什麼夢那麼難吃？」

「誰啊？你……」迷迷糊糊中，我大吃一驚，不敢置信眼前突然出現像豬又像小象的動物！莫非，我掉入剛剛線上遊戲的噩夢啦？在剛剛的那個魔獸世界裡，我的坐騎就是被這麼一個四不像給吃掉了。

「噓，我是你的『夢的守護者』。」食夢貘阿寶說：「說真的，你的夢真的很糟。」

「我的夢怎麼了？」

「你啊，幾乎不太作夢啊。」食夢貘阿寶說：「就算作夢，夢也很稀很難吃。」

「說什麼啊你？」我還惦記著明天去哪裡弄一具像他一樣的坐騎，畢竟沒有坐騎根本沒辦法戰鬥啊。

「我做不作夢干你什麼事？」

「你們老師沒有教你，三人行必有我師焉嗎？你就不能停下來幾秒鐘，認真聽我說話？」食夢貘阿寶說：「我們是以夢維生的守護者。」

他說：「大致上，人類國小階段做的夢最多，但吃起來比較清淡；國中起，夢開始變少，但最精采；高中的話，夢變得更少了，雖然精采，卻多了一點回甘的味道——欸啊！你沒吃過不知道啦，那個味道說有多棒就多棒！這六年是我們採集的菁華期啊，大家都巴不得被食者每天作夢……」

「被食者？」

「就是你啦！我們採集、食用夢的對象。」

「真可怕。」我說：「那，可以不要吃我嗎？」

阿寶似乎沒聽見我的提問，自顧自搖頭，「不過，現在國、高中生的夢越來越難吃了。」

「哪會啊？我覺得我的國中生活就很……很……」我完全想不出來，當時有什麼值得回憶？腦海中除了數學公式與英文單字，剩下的，幾乎就是校園裡經常瀰漫的濃霧，霧裡看花，濕答答。

「這是什麼形容詞？」食夢貘阿寶皺著眉，「你看，現在的孩子一躺到床上，滿腦子就是想著明天的考試，不然就是線上遊戲，或者臉書、偶像劇、八卦……這樣做出來的夢，怎麼會好吃呢？」

他伸出圓圓涼涼的鼻子，像測量什麼的圈住我的手腕沉吟著說：「嗯嗯，你的

『夢的可食指數』是6，還算勉強及格。」

他說：「有些人的可食指數只有2或3，根本就是啞巴吃黃蓮啊。」

「這指數是怎麼算出來的？」我想，如果明天購買長鼻子恐龍坐騎，那我的戰鬥力就能提升到3444了。

「唉，想想以前，『可食指數』沒有7.5以上，我們可是飢不擇食啊……」食夢貘阿寶說：「但現在，現在也只能將計就計了……」

嗯，我發現，食夢貘阿寶很愛亂用成語——這點和我很像。

二．打嗝，或者嗝屁

我手裡拿著一只銀色的玻璃瓶，瓶身細長，很輕，一旦打開卻很重。仔細看，裡頭浮動著金色亮片的液體，一遇到空氣瞬間化成了煙，咻一聲鑽入鼻孔裡。

「這就是催夢劑啦。」食夢貘阿寶說：「它會催發夢境『作威作福』，意思就是好夢連連！但副作用是，每次必須打嗝十二小時……必要的時候，可能禁止跑步……不過，你還年輕，症狀應該不會很明顯才對。」

「你確定，是打嗝不是嗝屁？」我想起上次給巫師喝了「冰雪之心」，沒想到居然一命嗚呼，後來才知道，那是駭客入侵的不定時炸彈！

「吃下去之後，你會先感到一陣輕微的頭暈，接著身體開始往下墜，彷彿掉進十萬八千里的無底洞那樣……」食夢貘阿寶說：「起初可能不太習慣，但多吃幾次就適應了。只要放鬆心情，有些人甚至會覺得這樣無重力的『自由落體』很好玩呢！」

「這樣的下墜情況要維持多久？」

「必須視個人情況而定，最多不過超過一個小時吧！」

「一個小時！」我張大了嘴，難以想像坐在遊樂園裡的大怒神上，持續向下跌落六十分鐘的感受。

「你放心啦！絕對沒問題的，而且速度也沒有那麼快！」食夢貘阿寶說，那只是一種感覺而已，實際上你是非常安全的躺在床上，而且起床後會精神百倍！」

「為什麼？」

「難道你沒有被噩夢驚醒過嗎？如今，催夢劑只催化好夢，夢又被我吃掉，你就不會再被各式各樣的夢境干擾啦，可以安心的一覺到天亮！」

「可是，你不是說我不太作夢嗎？不作夢不是更好睡？」

食夢貘阿寶瞪了我一眼，「你不是不作夢，準確來說，是做空白的夢！白雲蒼狗你懂不懂啊？」

我點點頭，似懂非懂，「那我怎麼知道吃了催夢劑之後，作的都是好夢？反正夢被你吃光了，又沒有證據！」

「我們有『顯夢儀』，能夠把你的夢境側錄下來。」阿寶說：「我先錄三個晚上的夢給你看，證明服了催夢劑之後，作好夢的比例確實增加六十個百分點。」

「反正，初次服用催夢劑的前幾個夢，我們通常是不吃的，因為情況不那麼穩定。」食夢貘阿寶撓撓他的圓鼻子。

「不穩定……還有副作用……」我有些憂心，「喂，為什麼你們要吃人類的夢維生啊？」

「哪有什麼為什麼？我們生下來就是這個樣子啊！就像小魚要吃浮游生物、馬要吃草、老虎要吃肉，都是一樣的……」

「不對喔，」我打斷他，「馬還會吃燕麥、胡蘿蔔和蘋果。」

「我只是打個比方！你不要那麼詰屈聱牙好不好？」食夢貘阿寶的頸毛豎起來，原本細長的眼睛也拉得更加細長了，整個身形似乎抽長了那樣——這也難怪，畢竟他看來一副面黃肌瘦的樣子。

我的夢難道真的那麼沒營養嗎？

三・可口的夢，可口的骨頭

「所以，這是你最近功課突飛猛進的祕訣？」死黨蕭鳥甜問。

我點點頭，拿出那張密密麻麻的紙，「你看。」

「這什麼？『作威作福合約書』？」蕭鳥甜說：「你跟東哥啦？」

「噓——」我東張西望，「你叫那麼大聲做什麼？這個月的保護費我還沒有交給他欸。」

「那不然這什麼？『作威作福』？」蕭鳥甜話鋒一轉，「我還真的快被那個大魔王作威作福死了。」

「你說第三關關主啊？」我赫然想起坐騎的點數還沒有補齊。

「是啊，就是那個大胖子，怎麼幹掉他啊？」蕭鳥甜把合約還給我，「你該不會是念書念到頭殼壞去吧？」

果然，食夢貘阿寶說對了，「大部分的人並不在乎如何作夢！」

「那不然他們在乎什麼？」我拍拍後腦，想讓自己更清醒一點。

「很多人以為夢和現實是兩個世界，其實，夢境往往比現實還要真實！」我看著食夢貘阿寶遞過來的那張合約，合約上寫滿了字。

「夢怎麼可能比現實還要真實？」我不懂，「為什麼要簽這個？這什麼？」我是那種看到字就頭痛的人，更何況這張紙裡面的字像螞蟻似的，那讓我想起考試卷裡流沙一般的試題，伴隨著沙漠裡大批大批的螞蟻軍，每天每天將我們淹沒、嚙咬，讓我們又痛又癢，卻還是像訓練有素的狗，來到那個黑墨墨的洞口，等待著流沙與螞蟻將我們吞噬、再爬出，再爬出、再吞噬——我們是奢望那裡面有可口的骨頭，還是習慣了這套痛並快樂著的儀式？

痛快的感受活著的滋味，卻又心癢難耐的去追求那些不過是海市蜃樓的遠景——所以說，我也在乎夢嗎？我相信夢嗎？

「如果沒問題的話，就在下面簽個名吧。」食夢貘阿寶解釋，不久前，有個男生服用了催夢劑之後，做了許多「作威作福」的美夢，哪裡知道從此沉溺夢中，忘了現實世界，於是早晚依賴催夢劑，一天廿四小時中有十幾個小時都在睡覺，搞到後來連工作也沒了，還因為強烈副作用的緣故，不斷不斷打嗝，險些要了小命。

「然後呢？」我有很大的疑問，畢竟食夢貘阿寶說，那些美夢都被他們吃掉了啊。

「是這樣沒錯，但是夢的『可食指數』如果太高，夢還是會殘留下來。」食夢貘阿寶嚴肅的說：「原本服用催夢劑這樣的事是必須保密的，結果那男生在他媽媽的逼問下，洩露了事情的經過……」

「當天晚上，準備入夢的食夢貘A被埋伏在床頭的媽媽一把揪住頭髮，差點就變成禿頭啦……」食夢貘阿寶一臉驚恐的說。

「後來，這個媽媽還一狀告上我們的食夢倫理委會員。可恨的被食者，居然胡說八道！說沒有人告知他：催夢劑不能吃太多……最後，食夢貘A被判刑三個月無法食夢。刑滿之後，整整瘦了一大圈呢……」食夢貘阿寶摸摸尖尖細細的下巴說。

「所以，委員會有鑑於此，便訂定了合約書，載明催夢劑服用的劑量及頻率等，避免以後再發生糾紛。」

該不會，那個食夢貘A其實就是他吧？

該不會，那個男生，其實就是被我舅媽罵到臭頭的宅男表哥吧？

該不會，我表哥失業是因為他一直在作夢吧？

媽媽聽我這麼說，表情嚴肅的告訴我：「要好好讀書，別管那麼多，知道嗎？」

我點點頭，「可是，食夢貘……」

「你不要管別人！要好好讀書！不要像那些成天作白日夢的人，媽媽只有你一個人了，知道嗎？」

我點點頭，「可是……」

「不要讓媽媽失望！」

住我。

四·副作用，反作用力

「喂，少年仔，聽說你最近很囂擺啊？」為首那個臉長得像老鼠一樣的男生叫住我。

今天天氣很好。不過我的運氣似乎不怎麼好，一早遇到老鼠，換作是有智慧的人，也會變得沒辦法冷靜吧？也會想說：「欸啊，萬一得了什麼病那該怎麼辦呢？畢竟最近電視都有報導啊。」我這麼想著，不由得害怕了起來，就連食夢貘阿寶說的「禁止跑步」都拋在腦後。

「喂，東哥在叫你啊！」

「喂！叫你你還跑？」

「喂！」

腳步凌亂的在背後響起，像凌亂的石頭紛紛落進水池裡，我感到背上濕濕的，不知是口水還是什麼？究竟為什麼要跑呢？我說不上來，可能是，昨晚作的那個夢讓我有些恍惚吧。

在夢裡，父親突然回來了。和我坐在那株我們經常停留的雀榕下，一同仰著頭，靜靜聽樹蔭裡規律而沉重的沙沙沙沙，靜靜看望稻與稻像頑皮的孩子糾纏著影子，蟬聲唧唧唧。我說：「爸比，我好想你喔，我好想好想你——」父親微笑著摸摸我的頭，「羞羞臉，男生怎麼這麼愛哭啊？」

可是我真的很想您啊，我在心底這麼大喊著，不知怎麼表達內心的激動？巨大的雀榕投下巨大的暗影，在那塊而今空盪的廟埕底，偶爾佇足的鳥群紛紛離去，我聽見父親說：「你聞，穗仔的りんご（蘋果）香，有嘿？」就這樣，風吹過來，夾雜一絲絲水氣與植物腥野，連同細碎的陽光抖進我們又濕又亮的額庭，以致我們淌下的汗水也帶有那麼一絲絲泥土味。父親說：「別哭了，爸比只是出去一下子而已，一下子就回來了。」就這樣，父親頭也不回的往外走，像他回來的那一瞬間，當時我正埋首於作業之中，突然看見這麼一位似曾相識的面孔闖入眼簾，不可置信的想站起身，雙腿卻不聽使喚，反倒是父親笑著說：「欸，要吃雞蛋糕嘛？」

「欸，我們可是在夢中唷。」有人這麼在我耳邊輕輕的說，然後，我就醒了。醒來之後，我想起那天吃完團圓飯後，父親從此就失去蹤影了。

剛開始，覺得很輕鬆，畢竟少了一個人的管束啊。可是隨著時間越來越長，思念變得越來越具體，像催夢劑，最初的時候，液體與空氣發生細微的摩擦，緊接著固體與固體激烈的碰撞，再接下來是一縷白煙似的氣體，悄悄悄悄滲入我的眼中，悄悄悄悄滲入我的腦海裡，像父親在夢中一會清晰、一會模糊的影像，只聽見他說：「仔細聽，樹木也有快樂和悲傷的情緒啊。」我抬起頭，看見淡綠色的光線像不斷擺動的海草那樣，搖晃著細微的氣鬚以及緩緩跌落的樹葉。樹葉裡的父親遠了，又近了，再下一個瞬間，我聽見清晰的喘息與叫喊：

「誰准你跑的？這個月的費用呢？」有著老鼠臉的男生吁著熱氣說：「你不想活了是不是？誰叫你跑的？」

我聞到鹹的酸的，好像是父親身上的味道，也好像是從前家裡還養著的哈利的味道，那時候，哈利在綠油油的草地上奔跑，陽光像細沙那樣一點一滴鋪陳在我們的後腦，父親撫摸著我的頭髮，他的硬繭粗糙的溫暖的，有一片刻，彷彿躺在風輕輕吹著的沙灘上，海伸出觸手揉捏著岸邊，揉捏著我的肩頸，使人忍不住發癢。

「喂！你笑屁啊？」

「你再笑！」

「幹！」

一切都不重要了。我張開雙手，像迎向有風的懸崖那樣的，再一步，就會跌入萬丈深淵，但我竟感到無比幸福。

「喂，醒醒，醒醒。」就快闔上眼的剎那，我聽見食夢貘阿寶熟悉的尖尖的聲音：「醒醒，醒醒！」

什麼？

「你是怎麼搞的？跟人家說話，說著說著居然就睡著了？這樣很沒有禮貌耶！」食夢貘阿寶皺著眉頭。

所以，這是一場夢嗎？

「你最近怎麼老是作一些噩夢啊？」食夢貘阿寶說：「你不是按時服用了催夢劑嗎？」

是啊，為什麼我反而覺得不快樂？

「難道你多吃了？」

我搖搖頭。

「還是反作用的緣故？」食夢貘阿寶解釋：「有些人吃了催夢劑，非旦沒有打嗝的副作用，反而誘發內心最底層的噩夢，把原本的美夢都覆蓋掉了！」

我走到廚房倒水喝，聞見濃烈的酒味充滿了家裡的每個角落。母親趴在餐桌上睡著了，細細的鼾聲像一朵細細的瓷白的雲，輕飄飄的浮盪在潮霉的公媽桌桌腳、沾了油漬的沙發，以及餐桌上散開的幾顆安眠藥……母親揉著眼，問我：「你……

你怎麼還沒睡？」

母親拍拍後腦，像要讓自己清醒過來那樣的，眼皮半開半闔的叮嚀著：「加油，要加油啊……」

母親又趴下去了，聲音悶悶的埋在她的手臂裡，「媽媽只剩下你了……媽媽……媽媽只剩下……」

是不是，母親也和我一樣夢見了父親呢？

是不是，母親也需要來一管催夢劑？

五．夢的意志，作夢的權力

「欸，你的夢還是不怎麼可口啊。」食夢貘阿寶說。

「那你到底要我怎麼樣呢？」我悶悶不樂的，因為夢見父親，我無法好好睡覺，當然也就無法好好讀書。

「多讀點書吧。」

「什麼書？」我兩手一攤，「我根本就不喜歡讀書，叫我看書簡直就是接受催眠，比催夢劑還有效！」

「才怪！催夢劑催生的是好夢，不是一片空白的夢。」食夢貘阿寶反駁我：

「你啊，你的夢一點內容都沒有，可食指數還是只有6啊。」

那是我的問題嗎？我可是按時、按規定服用催夢劑啊，一點都沒有偷吃啊。

「你啊，雖然把網路戒了，但太久沒作夢了，所以夢都有點生澀，最近又頻頻作悲傷的夢，這樣我何時才能吃飽呢？」食夢貘阿寶搖搖頭，感慨萬千的樣子。

我很想罵他「自私」，但看著他依然消瘦的臉，不忍心再讓他回到紅瘦綠肥的狀態。

「就是說啊，你看看現代人孩子越生越少，我們能獵食的對象也越來越少，再過個六、七年，說不定可食用的兒童夢境就會嚴重短缺啊！」食夢貘阿寶憂心忡忡。

「那我該看什麼書呢？看書就能幫助你嗎？」我已經有一段時間沒去想那長鼻子恐龍坐騎了，就連闖關祕技也有些忘記了。我想，或許父親也有他必須去解決的關卡吧，所以他才會忘了回家的路，像之前無夢可做的夜晚，每每躺下的時候，因為長時間盯著電腦以及坐著的緣故，全身痠痛難耐，翻來覆去久久無法睡著。因此，說不定父親也有很多苦惱吧，也和食夢貘阿寶一樣，不知道去哪裡找到一場美夢？那天，父親闖入我的夢，和我坐在雀榕下靜靜聽風的歌，這樣的場景是否意味著，父親其實即將返來的徵兆呢？他的難題都解決了嗎？他的夢呢？他作什麼夢？

他還作夢嗎？

「這我不能告訴你，這是違法的。」食夢貘阿寶說。

「不過，我覺得這本書應該可以幫助你。」食夢貘阿寶似乎早有準備，遞過來一本書。

我瞥了一眼封面，「你給我看童書幹什麼？」我火大著，今年暑假我就要升高三了啊。

「如果你從來就不喜歡看書，我想，這會是一個很不錯的開始。」食夢貘阿寶舔舔唇，「我會陪你一起看的，我知道一直以來，因為沒有人陪你，所以你很討厭一個人看書的感覺，不是嗎？」

他伸出圓圓涼涼的鼻子，圈住我的手腕說：「來啊，不要這麼排斥！先看看再說……嗯嗯，你看，現在你的夢的『可食指數』增加許多了啊！真的唷，你看！」

才怪，哪有可能一瞬間就改變一切的呢？

「當然有啊，」食夢貘阿寶說：「人家不是都說『有夢最美』嗎？不是都說『人類因夢而偉大』？」

是夢想不是夢！我糾正他。

「欸啊，夢想其實也就是夢，成真的就叫實現，失敗的就是夢，所以，你要多讀書、多運動，明天我再來找你要讀書心得！」食夢貘阿寶拍拍圓墩墩的屁股說：「讓自己的夢可口起來，知道嗎？就算是白日夢也沒有關係唷。」

什麼跟什麼，這個阿寶，不是說要陪我一起看書嗎？

「對不起，我今天還有事要忙，明天再陪你好嗎？」食夢貘阿寶說：「我今天必須去看一個小朋友，他就快沒辦法作夢了……」

為什麼？什叫沒辦法作夢？他吃了太多的催夢劑嗎？

食夢貘阿寶沒有多做解釋，咻的一聲不見了，留下點點灑落的濕潤，似乎是眼角的淚水。

「那，我要從哪一頁看起？」我朝窗外黑漆漆的夜空大喊著：「我會不會哪一天也沒辦法作夢啊？」

我該從何作夢？我想，要是父親聽見我和食夢貘阿寶的對話，他應該也會笑呵呵的說：「仔細瞧，夢也會覺得快樂和悲傷喔。」

夢也有自己的意志。我們都擁有作夢的N種方式。我隱約聽見阿寶的聲音，他的小翅膀在夜空裡像一對小眼睛，眨啊眨的。

於是，我從床上拿起書來，翻到第一頁：

「水蠟樹街四號的德思禮夫婦總是得意的說他們是最正常不過的人家，托福托

福……」(《哈利波特(一):神祕的魔法石》)

食夢貘,動物名。哺乳綱奇蹄目。其體小於驢,其皮厚似犀。毛短,頸粗,眼小,鼻突出長於下唇,伸縮自由,前肢四趾,後肢三趾。噬夢而存,被依宿者或噩夢或美夢,久久不散。

——《作威作福合約書》備註

第十八張床

床上練習

一．我可以叫妳媽媽嗎？

【我是點心】前往咖啡店的那個下午，【讓我看看妳的床】正蜷縮在床上回想未曾謀面的母親。

帶點想像的臆度裡，母親也就像這張床：陳舊，疲軟，陷落，總是失去彈性，也總看不清——一遍又一遍——【讓我看看妳的床】反覆摩娑床面，反覆勾勒母親的面孔——反覆，讓思緒去到想像的邊界，到感情幽微的極致，直至疲憊入夢。

經驗告訴他，這張床已經老得再也無法承受任何心事了：幾處綻開的縫線、菸疤、霉斑……凡此種種，都證明了床的殘破，甚至可以感受到，床的內裡的細小機括、彈簧以及鉚釘與鉚釘嵌合鬆脫，逐漸分崩離析的，有什麼一點一滴刻正迸開來。

沒救了。他知道。他全部都知道。但他不願意放棄。一如阿媽的床鋪飽含了痱子粉與花露水，它們孵生一個又一個的夢與記憶，有故事的床與人生——他從小與阿媽相依為命，阿媽總是說起那些這些的故事——冷不防，大他二十歲的女人來到他面前：笑得異常嬌豔，光照底下彷彿一場來不及發生的夢，彷彿寂寥而懷舊的雨天。

雨天裡的房間放大了寂靜，也放大了四壁逐漸滲入的潮濕。水漬窸窣流向地毯、桌椅、洗衣籃，彷彿房間生出了腳，兀自蹣跚——蹣跚的阿媽現下懷抱著什麼夢？屋外的那盞路燈金黃澄亮，絲絲往上的煙幕流入灰藍的深淵底，流向日復一日的睏倦與匱乏……那些傘下哆嗦的青春，他想起曾經有個小虎牙的女生對他說——

冷不防，女人從身後抱緊了他。

冷不防，有什麼掉到地上，響起清脆的金屬與金屬撞擊聲。

有什麼斷掉了。

冷不防，【讓我看看妳的床】將頭埋進女人濕淋淋的胸口說：「以後，以後我可以叫妳媽媽嗎？」

二・等等登

冷不防，【未來夢】驚醒過來，揣度著夢。

夢裡跌落的【讓我看看妳的床】直直望向她，眼神倉皇，也就個是倉皇的孩子——他哭了嗎？他又嘟嘴了嗎？【未來夢】困惑著，來不及動心起念，巨大的尖角的黑影就這麼直直衝過來！

冷。無端的冷從腳心鑽上來，使她意識到究竟睡下多久了？隔床的人跡印子仍具輪廓，像一則似有若無的暗影，過於稀薄的夢——有誰來過嗎？【未來夢】吁口氣，將臉埋入枕中，四肢划著划著，手裡牢牢抓住那件破毛毯（自幼時起即伴隨她入睡的灰色羊毛毯），像牢牢抓住一件陳舊的情感。

時移事往，就連情感也必須跟上科技，終日發出「等等登」、「等等登」——那躁動無度的MSN呵——她盯住時斷時續的視訊畫面，無可置信螢幕上的那個影像恰是日常認知的【讓我看看妳的床】，真的是，太模糊也太遙遠了。因而每每兩個人見面，總像掂量一顆水果或者撣動一件毛衣那樣，反覆檢視彼此，深怕一個瞬間換上全然陌生的五官。

碎時光啊。時光不再是他們習以為常的由A至B，而是數位跳躍、匿名，甚至親密——否則，怎能輕易說出那一動詞？【未來夢】這麼困惑著，曾幾何時，內心對於愛的激動如斯難抑？枕邊的那塊壁癌越形擴大，一寸一寸揭露出內裡破敗的水泥紋路，連帶四十五歲（她看看鏡中的自己）與二十五歲（她看看MSN的他）的擁抱襲湧空慌……這算什麼呢？他們，他們真的有愛嗎？

等等登。等等登。

迷迷糊糊間，【未來夢】聽見MSN發出歡叫聲。

等等登。等等登。

【未來夢】聽見從哪裡傳來的，離去的關門聲。

等等登。

三．等我有空的時候

【我是點心】離開咖啡店時，照例收起那抹慧黠的笑意。

第一百四十五次。她輕數著。那些或瘦或胖、或高或矮、或老或少——那些網友，他們像肥軟蒼白的奶油花，被層層刮起，重重摔進紙杯——隔著並不遠的距離，【我是點心】打量著他們或焦躁或憤怒或茫然，好整以暇的對服務生說：

「給我一塊點心。」

是啊，點心。我是點心。網路聊天室裡這麼自我介紹：因為愛情太冒險，動不動要翻臉；因為愛情也太煩人，時時查勤累死人，倒不如大家輕鬆點，像點心，誰也別耽誤誰正餐。

「可是我媽說，成天掛在網路上的人都不是好人！」【我是點心】的好朋友鍾菲菲腰肚疊起三層肉，嘴裡咬下一口茶葉蛋。

鍾菲菲，腫肥肥——誰會要一份足以成為正餐的甜點？誰要一坨發酵過頭的麵團？想想那些網路第一次的親密接觸：「多高？多重？多大？」此時此刻，【我是點心】的臉龐幻跳著各色字句，如魅，如資訊寫進身骨的巫毒娃娃，黑暗中升起火來：

【運動男（可訊）】：十七？騙人ㄛ，高中生ㄛ？

【我是點心】：那約出來看看啊。

【運動男（可訊）】：去哪？

【我是點心】：火車站。

【運動男（可訊）】：什麼時候？

——等我有空的時候。

聊天室裡慣有的黑色背景映襯出【我是點心】的輕笑。早已不記得最初迷上網路聊天室的理由，也許是母親經常不在家、父親搬出去之後吧？無論如何有人陪，寂寞不那麼深遠，有不同的人陪，夜底更加容易入睡——那些伴隨著視訊交談必然怠速的畫面：慢動作的影像近乎暖暖包摩擦慵懶的時光——【我是點心】端詳著：桃紅唇蜜還在不在？公主袖、貼鑽耳環、眼影……她還是一塊可口的草莓蛋糕嗎？否則怎會愛上【讓我看看妳的床】？

「人生未可知，甜點要先吃。」【我是點心】聽見誰這麼說。

四．要不要來騙我？

【讓我看看妳的床】沒料到情況會變得如此棘手。

憑著透亮的青春，在網路聊天室裡他總要加個「可訊」——意思是，可以與聊天對象進行視訊對話——藉此提升頹靡不振的床墊業績：「睡錯床，愛錯人，何時能安眠？」他總是這麼促銷：「記憶妳的人，記憶妳的夢，記憶失眠的痛！」

儘管自稱「床墊測試員」，但入行迄今，【讓我看看妳的床】也就只有躺過幾張床，尤其是【未來夢】與【我是點心】的床……有一片刻，她們倆的面孔突然迫近，以致【讓我看看妳的床】按錯發文鍵，引來網友紛紛回應：「賣眠夢？莫眠夢？」、「那些說好的眠夢呢？」、「眠夢是三小？我知只道棉花糖！」字句跳躍，電腦頁幕迅速捲動，惹得他兩眼發直、昏昏欲睡——說起來，【讓我看看妳的床】有多久沒做夢了？頻頻淺眠的結果令他愈發難堪：如何說服他的床墊是睡眠救星？如何拯救台灣百分之七十的失眠者？

「小心著涼喔你！」那個人造笑臉的領檯妹俯下身來說：「要睡來去裡面睡——喂！你長得這麼帥，幹麼一直掛在網上？」放大片藍眼珠骨碌碌，不放棄的拉扯著他：「想搞一夜情喔，還是騙錢？現在不流行騙錢了啦，騙錢不如騙感情，感情騙到手什麼也就到手了嘛！」

【讓我看看妳的床】試著撥開她的手，腦袋卻重得很，連帶手也有千斤重——是夢嗎？

「要不要來騙我？」人造笑臉勾著他的領口。

「騙妳幹麼？妳什麼也沒有！」隔壁的男人冷不防插嘴。

「你敢說我沒有？」人造笑臉挺起胸：「你看！」

一聲淒厲的哀嚎驟然騰起，甫施完咒的術士俐落轉圈，滿地獸屍好不殘忍。線上遊戲，處處充盈的殺戮與嘶吼，有一片刻，【未來夢】與【我是點心】朝他飛撲過來，表情猙獰。

【讓我看看妳的床】推開人造笑臉，跌跌撞撞的往外走。他真希望這一切不過是一場遊戲。

一場夢。

不幸的是，他從來就不習慣在網咖裡入睡，更遑論做夢了。

五．騙子與傻子

其實在更早之前，【未來夢】與【我是點心】的父親是非常恩愛的一對。

他們一如許許多多的小家庭，丈夫是業務員，妻子是家管，一切美好得像焦糖布丁：甜膩綿密，滑腴柔軟，總是一進到他們家就不想離開了。但好景不常，丈夫中年失業，卻依舊假裝上班打卡，實際上是在這座城市裡到處流浪——大部分待在公園裡，或者來來回回坐捷運，在極速的咻咻中昏睡——【未來夢】記得攤牌那天問丈夫：都在公園裡做什麼？

丈夫說，有時餵魚、有時看看松鼠竄溜，更多是小劇場排演的《尋找桃花源》。

「就算我們在上海不認識，十年後在漢口也會認識；就算我們在漢口不認識，那麼我們隔了三十年，甚至四十年，也會在海外認識……我們一定會認識的！」丈夫模仿著舞台劇演員的聲調：「我們都在用力的愛，卻不懂得愛，大家都只想要，卻不懂真正的愛是給予而不是想要！」

一點都不好笑！這樣愛演戲的人，居然被其他的「演員」給拐去——那天，自稱是「莉莉」的酒店小姐打電話給他，根本沒去過的場所，卻因為對方嬌滴滴的聲音而聊到渾然忘我，兩人約好在公園相見，他到了現場不見人影，這時候嬌滴滴的聲音再次響起，說是要先匯款才能見面，否則老闆不願意放人，說著說著談起了她如何可憐的身世……結果，他一匯再匯，最終才發現受騙上當，「就連媽媽的嫁妝老本也被騙光！」【未來夢】這麼憤怒的對【我是點心】說，又氣苦又傷心，畢竟丈夫經常告誡她們：「成天掛在網路上的都不是好東西！」哪裡知道這樣不碰網路的人，到頭來還是栽在詐騙集團手中。

更讓【未來夢】生氣的是，她的婚姻同樣像場騙局。當初提親時，婆婆叮囑丈夫千萬別惹她生氣，那種小心翼翼的姿態她都瞧在眼裡，只因為她的娘家遠比夫家有錢。所以，丈夫是看上她的錢？那麼快的就被另外一個陌生女人給釣出去，他究竟有沒有愛過她呢？【未來夢】不免這麼想。想到這裡，又想起母親當年問她：「究竟看上他哪一點？」她愣住，沒有回話，惹母親頻頻嘆氣：「傻瓜。男人是騙子，女人是傻子，所以才會被男人騙一輩子——」其實，她看上的是丈夫鼻子挺，但她不好意思說出口，總覺得有點色情的意味。

也是因為這個原故，所以她才愛上【讓我看看妳的床】嗎？他的鼻子也挺得很，腰也很挺——她想到這裡，臉紅了，這陣子似乎就是這樣胡思亂想。

她望著畫面裡跳躍的各式顏色，想起把丈夫趕出家門後，在毫無工作經驗的情況下成為直銷公司的業務人員，一切像重頭開始的一場夢，夢裡有現實的業績，業績就是直銷事業手冊裡的那句話：「只要找幾個朋友一起來，每天早上錢就會一塊一塊掉進你的口袋！」【未來夢】繼續想著，最初遇見【讓我看看妳的床】的場景。是啊，躺錯床愛錯人，經常性失眠；躺對床愛對人，處處有人緣，這是【讓我看看妳的床】的口頭禪。

然而，昨晚結束激情之後的那句話，還是不由使【未來夢】一驚：難道她已經，已經這麼老了嗎？

她看看鏡中的自己：額頭細細的皺紋，不再滋潤的肌膚，以及越形下垂的眼袋……會不會，【讓我看看妳的床】正是用業績的角度來看待她？他們的關係？會不會，每一次見面，他也想著口袋而非腦袋、害怕失敗而非愛？否則，他為什麼總是笑開懷？

想著業績和達成業績的人，表情肯定是截然不同的吧。就像想著做愛和想要愛的人，肢體動作也是兩樣的。

【未來夢】不由悲從中來，因為她的感情世界，一點也不需要下線啊。

六．我是開玩笑的

就這樣，十七歲的【我是點心】愛上了【讓我看看妳的床】。

十七歲的【我是點心】其實流浪過許多張床，也換過不少旅館，但她從不認為分開可惜，再怎麼說，「天長地久」是老梗，「曾經擁有」也沒fu，重點是：「老娘不想冒險。」老娘老娘，十七歲的【我是點心】持有老靈魂，二十五歲的【讓我看看妳的床】卻還像個孩子。

十七歲的【我是點心】和多少陌生人見過面呢？有不修邊幅的電腦工程師、老是熬夜上網的大學生，還有精神飽滿喊著「毋望在莒！毋望在莒啊！」的老榮民……【我是點心】記得那個榮民伯伯，在等不到人的情況下，兀自在咖啡店裡哭了起來，哭得像個老孩子，差點引她現身，所幸桌上那塊經典草莓蛋糕喚醒了她，喚醒【我是點心】的信念——

「我恨你。」【我是點心】說。

「為什麼？！」【運動男（可訊）】說。

「你給我滾！」【我是點心】說。

「憑什麼？」【運動男（可訊）】說。

通常，男人看到這裡就斷線了。唯獨【讓我看看妳的床】繼續說：「躺錯床愛錯人，經常性失眠；躺對床愛對人，處處有人緣。」【讓我看看妳的床】其實長得像飛輪海，但內心已是一片死海；他的個性是A咖與B咖的混合體，但他絕對不是個玩咖。他說「讓我看看妳的床」，真的就是字面上的意思，純粹的推銷詞而已。

然而【我是點心】不這麼想，她把「讓我看看妳的床」解讀為「要不要和我上床」，惹得她非常火大。她想起他們第一次見面是因為【未來夢】邀請【讓我看看妳的床】到家裡吃飯。席間，【讓我看看妳的床】對她說：「香菇雞湯必須趁鮮趁熱喝，不能放到未來。」她以為是在暗示她，後來才明白，他是拐彎抹角讚美母親【未來夢】的廚藝。是啊，母親與女兒，這還不夠令人頭痛嗎？【讓我看看妳的床】看望她們，想起誰說的：五年級的愛像手套，隔靴搔癢很害臊；六年級的愛是保險套，總是緊要關頭找不到；至於七年級，他們已經不想戴套，他們比較習慣服用事後藥。

無論如何，母女共同愛上【讓我看看妳的床】，惹得【我是點心】憤怒的說：「我恨你！」

「你給我滾！」

她在這裡停了好久好久，遲遲等不到【讓我看看妳的床】的回覆。

「我……我……我是開玩笑的——」她說。

說著說著，對著螢幕哭了起來。

七．真情無人見

我恨你。你給我滾。我是開玩笑的。

【未來夢】搞不懂為什麼女兒要這麼說？分明就是我喜歡你。你留下來。我不是開玩笑的。為什麼不明說就好了呢？

真是奇怪，【未來夢】搖搖頭，老覺得年輕人的世界離她很遠很遠。比方說，網路聊天室經常遇見的問句：「換照？」「可約？」「可訊？」對於女兒來說，那只是再普通不過的問候語，對【未來夢】來說卻像豪大雨。而真正的豪大雨也許發生在網聚之後──四十五歲的【未來夢】從沒想過自己會去參加網聚，更沒料到幾年後，臉書會取代網聚，Skype會取代MSN──一直以來就是個乖乖牌的【未來夢】，為了業績還是硬著頭皮去參加聚會。

場子裡什麼人都有，比方男公關：在金門被兵變，收到信已經是一個月之後的事，等於說他一入伍就被拋棄了。導致他從此看到「毋忘在莒」都會不舉。

或者那個前男友護士差點被雞姦，還被告性騷擾，上了新聞頭條。

又或者從不吃保健食品的藥廠推銷員，他清楚知道哪個醫生的患者完全沒救，因為沒有一個人可以走出那個醫生巡視的病房。

還有空姐喝醉了，一面補妝一面喊：「我不是滿妹！我不是！我不是！」

【未來夢】看得目瞪口呆，因為她的生命從來就不特別，只有大四那年才發現愛情沒那麼美，男友為了劈腿送她一隻狗，說是要她多學學，將來老了才不會後悔……「我有好幾年都不敢交男朋友，根本沒辦法信任對方……」【未來夢】流著淚說，說得那樣真誠。

她非常詫異自己怎麼了？怎麼突然說了這麼多？但似乎只要被拱上台，就很容易陷入那樣的情緒之中——瞧瞧那些各式各樣哭花了的臉！

她拿起麥克風，一面哭一面唱招牌歌。副歌一下，所有人都大吼起來：「我知道我的未來不是夢——我認真的過每一分鐘！」

然後，【未來夢】看見了坐在角落裡，默默喝著汽水的【讓我看看妳的床】。在酒嗝充斥的氣息中，【讓我看看妳的床】噴著雪碧的氣泡對她說：「真情無人見，假情有天知。」

【未來夢】久久說不出話來，心想，他是懂她的——這個小男生，這個眉清目秀的小男孩，他怎麼能夠懂她呢？她睜大了眼，癡癡的望著他，約莫就是那一刻，她感覺到心上有種「噹」的被什麼擊中了的聲響。

必須等到很後來，【未來夢】才知曉，【讓我看看妳的床】其實非常非常擅長賣弄這些格言式的句子。

其實，那天他說的，是從情人廟看來的促銷術語。

八．這樣，甜不甜？

正當母女倆與【讓我看看妳的床】打得火熱之際，那個被【未來夢】趕出家門的丈夫正陰錯陽差的成為討債公司主管，並且因為討債公司的訓練，一改昔日軟趴趴的形象，成為「正港男子漢」。

事實上，叫作郝慧聰的這個男人從小就受到父親巨大的影響，主要表現在父親是個深受日本思想教育的大男人，對於老婆動輒打罵，卻從來不見他為兒子繫皮帶、穿衣服，於是養成了郝慧聰凡事依賴母親的習慣。

也正是成為真正的男人，郝慧聰才意識到，老婆與女兒是他生命中「最甜蜜也最沉重的負荷」。儘管被掃地出門，他還是在某日悄悄潛回家中，想給妻小一個驚喜。未料門打開的剎那，撞見【我是點心】與【讓我看看妳的床】正坐在客廳裡擁吻，那場景使他彷若門牙被小石子敲到。

「你們兩個，幹什麼！」郝慧聰上前便是一拳。

當下，【讓我看看妳的床】隨即推開【我是點心】，這個舉動令她非常受傷，畢竟那意味著撇清關係。

「我恨你。」

「你給我滾。」

「我……」

【我是點心】沒再說下去，因為她發現，她真的愛上【讓我看看妳的床】了。

而更令她沮喪的是，母親似乎也愛上了【讓我看看妳的床】。那是郝慧聰從【未來夢】電腦裡發現的祕密，MSN裡的記錄這麼寫著：

【未來夢】：媽媽。

【讓我看看妳的床】：乖。

【未來夢】：該吃飯了。

【讓我看看妳的床】：我好想妳？

【未來夢】：要我餵你嗎？

【讓我看看妳的床】：可以用不同的方式嗎？媽媽。

【我是點心】吃驚著，沒料到【讓我看看妳的床】是這麼用情不專的一個人，更要命的是他居然和母親……她沒辦法再想下去了，儘管腦海裡不斷浮現那一次，他們在廚房裡一起做蛋糕：歐貝拉蛋糕（Opera），源於十九世紀初法國歌劇院，據說是當時專門給巴黎貴族享用的蛋糕，也有一說是，四四方方的形狀看起來很像歌劇院舞台，故而名之。

「喔肥啦！」【讓我看看妳的床】這麼說著。

那當下，【我是點心】覺得【讓我看看妳的床】如斯可愛，不同於那些她曾經見面的網友：死神早在他們身上投下了暗影，生活不斷齧咬著他們走過的每一個腳印。

她跟他說：「今天是我的生日。」

【讓我看看妳的床】把她拉到懷裡，吻她：「這樣，甜不甜？」

【我是點心】紅起臉來，渾然忘了她是一塊點心，一塊永不過氣的經典草莓蛋糕。

「我恨你我恨你我恨你我恨你……」【我是點心】說。

九・我們結束了

【讓我看看妳的床】再次蜷縮在床上想起未曾謀面的母親。

但這一次，他思索的不是床的陳舊與新穎，而是【未來夢】的臉：那張塗了眼影、黏了眼睫毛的臉，靜靜的不知思索什麼的臉。唇上的那顆痣依舊令【讓我看看妳的床】舔了舔唇。屋外的雨水滴滴答答，空氣裡的濕度沉重的壓在他的身上，壓在這張陷落的床上，壓在那些情緒之上。

「媽媽。」他輕喚。

媽媽朝他走近，又走遠，媽媽笑著也哭著，媽媽說：「乖。」【讓我看看妳的床】說：「為什麼妳要丟下我？」媽媽說：「那妳有乖嗎？」【讓我看看妳的床】猛點頭，似乎一直以來，他就渴望著母親肯定他、靠近他、牽起他，他記得那天的天氣一如此時此刻：陰涼的，潮濕的、灰濬的，而他站在幼稚園門口，癡癡等著母親來接他。直到所有人都散去了，空盪盪的溜滑梯前傳來沙沙沙不知道是樹還是什麼的聲響，使他非常害怕，更令他害怕的是，老師問他：「你在等什麼？」

「我在等馬麻。」

「馬麻？」老師拔高了音調，驚慌失措的蹲下身來說：「你哪來的馬麻？是把拔，是把拔要來接你啊。」

「是把拔！」老師加強語氣的說。

「不對，是馬麻！」

【讓我看看妳的床】這麼叫著，不可置信的望向眼前轟然而來的曝亮，他先是聽見一陣長長的刺耳的煞車聲，緊接著是男人的怒吼：「怎麼又是你？誰准你躺在這裡的！」

「你不是保證說，不再和我老婆聯絡了嗎？」

男人咄咄逼人：「出來！你給我出來！我今天一定要你好看！」

「出來！」

【讓我看看妳的床】這才看清楚，原來是郝慧聰，而【未來夢】則在一旁大喊：「不要這樣！老公……」

「妳還知道叫我老公？妳還知道我們還沒離婚！」郝慧聰惡狠狠的盯住【未來夢】。

「我要讓你死得很難看！」【讓我看看妳的床】猛然被拉起，他現在才真正意識過來，原來自己從剛才起就躺在【未來夢】的床上，但是那道長長的煞車聲呢？他瞥見電視裡正上演著車禍的戲碼，男主角被撞飛的姿態很像臥虎藏龍。

「你出來！出來啊！」郝慧聰氣沖沖的。

「你這是幹什麼！」【未來夢】不斷拉住郝慧聰的手。

「沒妳的事！我要和他單挑！」

「出來！」

【讓我看看妳的床】被逼至陽台邊，他的脖子被郝慧聰勒著，只看見遙遠的模糊的那點翠綠，那點青翠像阿媽的手鐲——阿媽此刻做著什麼夢呢？阿媽……【讓我看看妳的床】想起上回提到阿媽時，那個人造笑臉領檯妹冷不防說：「可是，你不是說你阿媽過世了嗎？」

「你不要亂講！」【讓我看看妳的床】喊不出聲來，只聽見【未來夢】遠遠的嚷：「我一直在等你愛我，結果呢？」【未來夢】的聲音像阿媽的百納被那樣滄桑，甚至【讓我看看妳的床】還聽見樓下鄰居太太吼著：「把這張床給我丟掉！我不要其他女人睡過的床！」

跌下樓的時刻，【讓我看看妳的床】以為會是一場尖叫，卻意外的平靜，他看見【未來夢】驚恐的表情，像幼稚園老師那一次的表情，他也看見月亮像塊餅，細微的夢一樣的掛在天頂，而天色還亮得很藍得很，讓人想起許許多多從前的時光，時光裡有風，風裡有著未知的回憶，大部分是關於母親的……【讓我看看妳的床】先是感覺到臀部陷落一處再柔軟不過的觸感，然後是頭與背，緊接著是一陣巨大的回聲，像慢動作那樣把他彈上來——是一張床！他知道，他躺在那裡，仰望著高高的大樓的頂端。

原來是一張等待回收的床，床上有不尋常的破洞，洞裡有蝴蝶翅膀鱗粉般閃閃發亮的漩渦紋路，好像隨時要把人吸進去那樣。他注視著那些洞，覺得非常非常溫暖，因為那讓他想到阿媽的那張床，她的床總是有日頭曬過的氣味，混雜了花露水與痱子粉……他在床上反覆追索從未謀面的母親，一遍又一遍，【讓我看看妳的床】反覆摩娑床面，反覆勾勒母親的面孔——反覆的說：

「媽媽……」

「媽媽。」

他呢喃著，望見【未來夢】哭花了的臉，也望見一旁的【我是點心】。

她們直直看著他。他也直直看著她們。

她在陽台轉頭對郝慧聰說，我們結束了。

她在陽台望著床墊上的【讓我看看妳的床】說，我們結束了。

十・讓我看看妳的床

他們是這個城市裡最普遍也最特殊的戀人們。他們的愛情觀分別代表著自由、理性、感性以及粗魯，四個人的相遇是一場鬧劇也是一場各自探索。

聊天室裡，【我是點心】繼續和其他網友見面，但這次不同了，她改成在視訊裡製作團購點心。至於【未來夢】，她還在尋找她的下線與真愛，並且告訴自己不要再著迷於青春的肉體。而郝慧聰，他的感情一直以來就像胡椒餅內餡，永遠也分不清什麼跟什麼，除了辣與肉之外。

【讓我看看妳的床】依舊持續前往檢測床的路上，他一面騎著摩托車，一面亟欲拋開從前的那些，儘管待會看床時，他知道他肯定會被那個人造笑臉給壓住。但他也知道，那一刻他將會想起【我是點心】在網路聊天室裡曾經對任何一個人的「試探三部曲」：

「我恨你。」

「你給我滾。」

「我是開玩笑的。」

睡錯床，愛錯人，難怪變成經常性失眠……【讓我看看你】不斷不斷向前行，冷雨落在他的安全帽面罩上，冷雨的城市裡，四個滿懷心事的男女在暗夜裡輾轉難眠，總覺得別人的床看起來特別柔軟、特別好睡，他們心底共同想望的也許是——

也許是——

讓我看看妳的床 / 張耀仁著 . -- 初版 . -- 臺北市 : 奇異果文創 , 2014.11
276 面 ;14.8*21 公分 . -- (說故事 ; 4)
ISBN 978-986-91117-1-3(平裝)

857.63 103020986

說故事
004

讓我看看妳的床
Craving for Love

作　　者　張耀仁
插　　畫　張耀仁
封面設計　繁花

美術設計　張懷文
總 編 輯　廖之韻
創意總監　劉定綱
行銷企劃　宋琇涵

法律顧問　林傳哲律師 / 昱昌律師事務所

出　　版　奇異果文創事業有限公司
地　　址　台北市大安區羅斯福路三段 193 號 7 樓
電　　話　(02)23684068
傳　　真　(02)23685303
網　　址　https://www.facebook.com/kiwifruitstudio
電子信箱　yun2305@ms61.hinet.net

總 經 銷　紅螞蟻圖書有限公司
地　　址　台北市內湖區舊宗路二段 121 巷 19 號
電　　話　(02)27953656
傳　　真　(02)27954100
網　　址　http://www.e-redant.com

印　　刷　永光彩色印刷股份有限公司
地　　址　新北市中和區建三路 9 號
電　　話　(02)22237072

初　　版　2014 年 11 月 7 日
I S B N　978-986-91117-1-3
定　　價　新台幣 300 元